窈窕文丛

# 无麂岛之夜

池上 著

译林出版社

# 窈窕文丛：爱情一息尚存

贾梦玮

“窈窕文丛”，顾名思义，作者都是女性，是女作家，而且这次基本都是八〇后九〇后的青年女作家。关于女作家，关于女性书写，有“女权主义”的说辞，也有女性文学为文学提供了细腻与抒情风格的说法。这两点都有它的理由，但也都可以不管。或者说，“窈窕文丛”的年轻女作家们所提供的，远远不止这些。

我相信，女性所体验的世界一定不同于男性所体验的世界，这是由男女不同的身心所决定的。因此，女性作者一定会为文学共同体提供新的东西。“窈窕文丛”不仅是女性文学，而且要为文学提供新质。就拿经典的女性文学形象来说，目前我所知道的大多为男性作家所创造；但我更愿意信任女作家们所塑造的女性形象。因为，那不是“他者”，而是她们“自己”。“窈窕文丛”为文学世界提供的女性文学形象，如纪米萍、夏肖丹、丁霞、刘晋芳、商小燕、娜娜、云惠、阮依琴、唐小糖、芸溪、静川、梅林、汪薇……还有好多个“我”与“她”，那些鲜活的女性形象，只有她们才能创造，“她们”身心的千疮百孔，只有她们才能感同身受。阅读“窈窕文丛”，我一次又一次被震撼，我对于“她”的阅读体验，不是同情、怜惜、悲悯等等词汇所能概括的。常常，我觉得我就是“她”，就是“她们”，我居然也可以感同身受。这是文学的魅力，也是文学的命运。

让我这个男性读者觉得遗憾和汗颜的是，“窈窕文丛”中所塑造的男性形象，或萎缩，或无能，或逃避，或不忠，或模糊不清、不负责任，或外强中干、金玉其外败絮其中，伊甸园至少有一半有坍塌的危险。女人都那样了，男人就没有责任？还有幸福可言？男人都这样了，女人的幸福又从哪儿来？男人的命运和女人的命运如此紧密地联系在一起。异性环境颓败了，无论男女，他们和她们情将何堪？免不了的，每个人的心上都会有一道或一道道伤口。我们都是伤心之人。文学，某种程度上就是疗伤的艺术。

但是，“窈窕文丛”中所有的故事也都在告诉我：爱情至少一息尚存。“窈窕文丛”的每部作品中，有一万条否定爱情的理由，可是爱情还是在那儿，无法否认。倘若本体意义上的爱情已经死亡，“窈窕文丛”中的那些女性，也就不可能有那样的深创与剧痛。爱情似乎是痛苦之源，但也只有爱才能创造奇迹。

广义上的“爱”和“情”是世界的本源。“窈窕文丛”中的作品，也有不以两性关系为描写中心的，而是更多关注底层人物粗砺、绝望的人生，像冰冷的石头和灰扑扑的尘土一样的命运。

“任何人在写作时想到自己的性别都是不幸的。”弗吉尼亚·伍尔夫的话颇堪玩味。她还说：“心灵要有男女的通力协作才能完成艺术的创造，必须使一些相互对立的因素结成美满的婚姻，整个心房必须大敞四开，才能感觉到作家是在美满地交流他的经验。”弗吉尼亚·伍尔夫被“女权主义”时而认作同道时而认作敌人。我只知道，男人和女人有着更宽广意义上的共同命运。

美貌曰“窈”，美心曰“窕”；美状曰“窈”，善心曰“窕”。“窈窕”形容的是女子仪表心灵兼美的样子，丛书以此命名，编者和出版人的美好愿望可以想见。“窈窕淑女，君子好逑”。说好的“君子”呢？“窈窕文丛”既是给女人的，也是给那些男人的。

给“爱”机会，让“爱”创造。

# 目录

# 无麑岛之夜

# 一

丁丰没想到会在这儿遇见牛丽莎。丁丰站在住院部一楼的电梯前，四周来来往往的都是人。他和牛丽莎中间隔了好几个人头，要不是她无意往后探了下脑袋，他根本不会看到她。她穿一件铁锈红的外套，头发大概是很久以前烫的，东一簇西一缕地乱卷着。他微微张了下口，想不好到底要不要叫她。电梯门叮的一声开了，人群推搡着朝电梯走去。她的脸像是抽了下，回过头，跟在了人群后面。他望着她的背影，犹疑了会儿，还是进去了。

电梯里有些闷。七八只手在那些数字键上不停地按着。他没有按。他要去的是八楼，他的一个亲戚在这里动了手术，便过来看看。电梯在二楼停下了，她没有出去。接着是三楼、四楼、五楼、六楼。几乎每上一层，电梯都要停上一停。他看着那个上升的红色数字，边观察出去的人群。他想，她要去的是几层呢?

那个数字最后显示为十七楼。他皱了皱眉，随着电梯上到了最高层，再若上去般降一层停一层地下到了八层。整个探访，他都显得心不在焉。他按例问了亲戚的状况，更多的时间则在胡乱地思考。等好容易坐满半个小时，他终于得以进入电梯，重新上到了十七层。

这一层主管神经外科。电梯上方的那块蓝色牌子清楚地标明了每一层的情况，早在她出去时，他就注意到了。出了电梯门，再朝左拐，是一个半环形的护士台。一个护士正在本子上记录着什么。他走了过去，不好意思，我想打听一个人。护士把头抬起来了，谁？他思索了两秒钟，报出了老 K 的大名。

护士把头低下了，她开始打起字来。一七〇九。过了一会儿，她说。哦。这么说，真的是他。他又默念了遍那个名字，问，他是什么时候住进来的？护士有些不耐烦了，她扫了下电脑，说，上个礼拜的事了。你待会儿进去问下，不就知道了？他没再说话，掉转头，从原路退了出去。

## 二

说起来，丁丰和牛丽莎还是老K介绍认识的。当时，老K正疯狂地追求牛丽莎，只是苦于没有机会。原来牛丽莎有个好朋友叫林西。据老K讲，她俩一起上下班，一起吃饭、散步，好得就像对连体婴儿。有这样好的朋友，当然是好，可问题是，每次老K约牛丽莎出来，最后总能看到林西的身影。走路要跟，吃饭要跟，说话也要跟。更可气的是，她永远都冷着张脸，仿佛全世界都欠了她一屁股钱似的。有这样的人在，还怎么谈恋爱？老K最后这样说。

这事听上去确实叫人头疼，但他不明白老K为什么找他帮忙。你先听我把话讲完嘛，老K说，你有没有想过，那女人为什么会横竖看我不顺眼？因为——她难看得要死（老K把“难看得要死”这几个字拖得特别长，他甚至可以轻易地想象出那个女人的模样），没人追，就把气都撒在我身上了。所以，只要你出面，把她收服，一切就都不成问题了。

他的眼睛瞪直了，你的意思是让我同那个女人谈恋爱？他虽然不像老K有那么好的女人缘，但那样一个丑女人，他是情愿不要的。

老K急了，也不是真的要你同她谈恋爱，就是装一下嘛，或者，你想办法把她支开，让我和丽莎有单独相处的时间。怎么样？就当是帮兄弟我一个忙，还不行吗？

## 三

浅蓝的及膝长裙，大红的方口皮鞋，一张标准的鹅蛋脸，笑起来，眼睛弯弯的，像是一对月牙。丁丰望着牛丽莎，心想这样的女孩的确很容易叫人心动。他还想，如果不是老K先认识了她，那么，他也很有可能喜欢上她的。

而她边上那位明显就要难看得多了。方脸，蘑菇头，本就不高的鼻子上还架有一副厚厚的眼镜。等大家相互介绍完自己，她也没有说话。她似乎并不打算开口。还是牛丽莎替她解的围，这是我朋友，林西。牛丽莎微笑着对他们说。

丁丰知道不少女孩，相貌平平，成天黏在那些漂亮女生的后面。她们就像是月亮边上的星星，黯淡，肃寂，倘使有人稍稍注意到她们一点，她们都会为之激动不已。但她显然不是。那次见面以后，他们又见了两次。她的态度并不比头一次好多少。他试着同她讲笑话，说一些好听的话恭维她，甚至，在老K的怂恿下（这是老K的拿手好戏），他还买了份小礼物送她。那是个淡粉色的蝴蝶发夹，他挑选的时候，店主同他一再强调，这是他店里卖得最好的货，你女朋友肯定会喜欢。店主这样同他说。但她收到后，连看也没看就给扔了。

好歹也是人家的心意，你这是干什么？牛丽莎不高兴了。但林西只是紧闭着嘴。过了一会儿，她冷冷地说道，反正，我又用不着。

死三八。等她们一走，老K骂骂咧咧起来。他没有附和，心里想的却是另一桩。那是在林西丢掉那个蝴蝶发夹之后，他们四个人一起走在马路上。忽地，她停了下来。她左脚的球鞋带松了，得蹲下来重新把它系好。

牛丽莎和老K还在往前走着，他们从刚刚起就一直在讨论最近的一部电视剧。这倒是给了他机会。你是左撇子？他试着用自然点的方式和她搭讪。她的手停了下来，是。上次见面，我就注意到了。他以为她会顺着往下说点什么，但她没有。她把鞋带系好，站了起来。

我和莎莎认识快二十年了。她突然说。她赤脚学走路那会儿，我就已经认识她了。一时间，他不得这些话的要领，只是茫然地望着她。所以——她却朝他笑了下。那种笑，就像是在大冬天里冷不防掉进了一个冰窟窿，他只觉得刺骨——你以为我会让她和你们这样的人在一起？

## 四

不可否认，每座城市几乎都有这样一群人：喜欢喝酒、抽烟、打牌，还时不时地因为一些事情打上一架。不过，他们中的很多人并不是无业游民，就好比老K，他是有工作的，他是水泥厂的货车司机。有次，他打牌摸中了七张K，他的名号就这样被传开了。

他们当然算不上本分，但也不算什么地痞流氓。还有一点，林西也搞混了。丁丰其实并不属于那一类人，平日里，他烟酒不沾，要不是因为和老K的交情(他们同在水泥厂工作)，他才懒得帮这个忙。

不过，事情的关键在于林西对他们已然抱有一种成见(他不知道那种成见是怎么形成的)。并且，以他的观察，这种成见还会继续下去，绝不可能因为他的解释而减轻半分。除非趁林西生病，再约牛丽莎。他这样同老K说。但老K显然没了耐心，他开始着手另一个计划。在那个计划里，他们将在早上出发，坐船到达一个叫无麂岛的小岛。他们会在岛上留宿一晚，欣赏环绕小岛的一江碧水以及岛上烂漫的桃花林。

这计划听上去不赖，但要过夜，可能性便小了许多。更何况，就算牛丽莎答应，林西也一定会随行。那么，这个计划又有什么用呢？老K显得颇有信心，这你就不懂了，之前我们为什么不能支开那个死女人？还不是因为时间太少。那么丁点的见面时间能干什么？但这次不同，我们有整整两天的时间。只要丽莎同意，我就不信会没有机会。

## 五

无麂岛过去是个荒岛。本世纪初，全国各地到处都在发展旅游业。县里有人在岛上新种了十多棵桃树，又盖了家旅馆，便算是落成了一个景点。

丁丰他们到达无麂岛是下午两点。前一天夜里岛上下了雨，本就不太茂盛的桃花被打落了一地，看上去更是稀稀拉拉。小岛的四面则是条普通得不能再普通的江，他们坐船来的时候就看到了。江面不宽，浑浊的水面上不时漂过几只白色的垃圾袋。

他们在岛上走了一会，发现那十几株桃树便是“桃花林”的全部。再往左走是一家旅馆。这是岛上唯一的旅馆，分上下两层。底下的一层，灰黑的水泥地上摆有三张八仙桌。一个农妇梳着个大辫子，正坐在其中一张八仙桌旁剥脚皮。见有人来了，把脚往水泥地上一放，招呼了起来。你们是吃饭还是住宿？她甚至都没擦一下手便拎起了边上的一捆芹菜。我们这里的菜都是自家种的，还有江里的鱼，新鲜得很。

牛丽莎的鼻子皱了一下，她是在老 K 的鼓动下才来这里的。老 K 说，什么叫“西塞山前白鹭飞，桃花流水鳜鱼肥”，什么叫世外桃源，人间仙境，你去了就知道了。老 K 把无麂岛吹得神乎其神，她和家里人撒了谎，说单位有活动才来的这里。她边上的林西则黑着张脸——此前，她一直劝牛丽莎别来，可牛丽莎就是不听——现在，她的嘴角微微往上倾斜了点，似乎在等着看一场好戏。

丁丰看到老 K 的手捏成了两个拳头。老 K 有个毛病，一发火两只手就会不自主地收紧。事实上，关于这个小岛，他知道的不会比他们三个更多。他是在一张报纸的右下角看到这个小岛的，上面写着：小岛地处他们所在城市下边的 S 县，是近年来 S

县重点打造的原生态岛屿。小岛的四面环绕着一江碧水，岛上还种有一片美丽的桃花林。他错就错在轻信了那个狗屁的广告。他应该事先踩个点，或者哪怕向周围的人打听下也行，说不定就有人告诉他了。可他那时搜肠刮肚所想的是怎么让牛丽莎答应跟他来，又哪里会想到这些？

老K把拳头捏得更紧了。他在大厅里来来回回地踱了几遍，终于将目光停在了贴在大门口的一张纸上。那是张普通大小的纸，看上去灰塌塌的。他瞅了瞅那张纸，又瞅了瞅农妇，问，你们这儿能野炊？

## 六

野炊的地点在“桃花林”的右边。那儿有一大片空地，再过去则是座小山。山上种有松树、水杉树，还有其他叫不出名字的树。这些树大概有些年头了，看上去很是茂密。

老K手里拿着个锅子，丁丰拎着一小壶油、米和鱼。鱼是农妇洗干净了，现剖的。她边洗边说，这是今天早上才抓到的，保准你们吃了叫好。老K的劲头上来了，“桃花林”和“一江碧水”虽名不副实，但能野炊总还是不错的。他在烹饪上向来很有一手，正好可以借此展示一番。牛丽莎的心情也好了一些。不过，她不喜欢有人的地方。

他们朝着里面又走了一段(那片空地上站着几个人)，直到四周再也看不到其他的人影。远处，西沉的太阳，墨绿色的山同脚下大片灰褐色的土地使得一切都显得静谧无比。一阵风吹过，还能听到从山上传来的时断时续的松涛声。老K和丁丰负责搭灶，两个女孩则帮忙捡石头。如果不是因为后来发生的那件事，丁丰甚至觉得这会是个不错的夜晚。

后来的那件事，究竟是怎么开始的？先是附近的树枝偏潮湿，火怎么都生不起来。老K的意思是去山上找点干树枝来。丁丰和牛丽莎都说好。但就在大家准备去山上时，一直不响的林西说话了。我走不动了。林西把两条腿盘在了地上。行。那我们去，你在这里休息好了。老K尽量不动声色。

林西却并不领情，这破地方是你挑的，“野炊”的主意也是你出的，凭什么要大家跟你去？牛丽莎的脸挂不住了，她扯了扯林西的衣摆。林西不说话了。丁丰没有料到林西会这样讲，但他亦不想吵架。他拍了拍老K的肩膀，意思是，他俩一块儿走。但老K已然被激怒了。不用了，老K说，我一个人去就行。

## 七

站在山的路口往里看，只见两边树木参天。脚下，一条不宽的泥路，蜿蜒着伸向前方。泥路上杂草丛生，丁丰踩过时，几只虫子在他的脚边灵敏地跳开了。他又往前走了一百来米，发现前方多出一条岔路来。

丁丰是来找老K的。二十分钟前，老K独自一人上了山。

但他走后，气氛并没有因此而轻松一点。两个女孩坐在临时搭建的灶头旁，丁丰则独个儿坐在了另一头。过了一会，牛丽莎过来了。你饿了吧？她说着递给了他一袋鸡爪。他接过，拿起其中一个，咬了一口。鸡爪的味道相当好，他连啃了几口，听到她问，好吃吗？好吃。林西做的，幸亏带了来。他吃了一惊，不自主地瞄了林西一眼。

林西也在看他们，但她没有过来。牛丽莎把头凑近了说，她其实不坏的。她顿了顿，又说，她是刀子嘴豆腐心，你和她多接触几次就知道了。他不知道她为什么和他说这些。难道她以为他真的在追求林西？这时候，林西过来了。牛丽莎往边上挪了挪，好让他们中间腾出个空位来。他坐不下去了。如果说之前他还能扮演下追求者的角色，而眼下的处境只让他感到难堪。他站起来说，老 K 怎么还不来？我去找他一下。

这座山远比他想象中的要复杂。他在山上兜了一会，没能碰上老 K。地上，零零散散的树枝倒是不少。他捡了一些，觉得时间差不多了，才走下山来。老 K 还没有回来，牛丽莎也不在，只有林西一个人坐在那里。他想不好要不要开口，走过去，把树枝放下，点起了火来。

火嗖地一下旺了。丽莎去拿衣服了。她像是在自言自语。哦，他加了些树枝，听到她问，你们刚刚在讲什么？刚刚？哦，没什么。她狐疑地看了他一眼。真没什么。他想了想，又补充了句，她就说，你挺好的。她不再说话了。紧接着，是一片死寂，除了火星子发出的扑哧声，什么声音也没有。牛丽莎还没有回来。他望了下通往宾馆的路，他不明白她为什么还没有回来？同样的，他也不明白林西为什么不去找牛丽莎。以她的个性，她应该会这么做的。

我们要不要先烧点什么？他试着打破沉默。他想找点事做，这样就不至于那么难挨了。但她只是坐在那里，等她回来再说吧。她盯着那堆火说。

## 八

牛丽莎从旅馆那条路回来时天已经黑了。她在上衣外披了一条围巾，只露出一段漂亮的脖颈。不一会儿，老K也回来了。他把抱着的一大摞树枝扔下，道，这山，简直把我给绕晕了。

他们开始往火里添树枝，丁丰刚才捡的不多，很快就要烧完了。火重新旺了起来。老K手里拿着把锅铲，准备好了大干一场。也就在这时，林西从地上爬起来了。我要回家。林西说。丁丰和老K对望了一眼，看到老K把锅铲放下了。好了，好了，别开玩笑了。马上就好吃了。我没开玩笑。我要回家。老K的火气上来了，跟你说了，马上就好吃了。你到底想干吗？我说了，我要回家。呵……回家？拜托你看看现在几点了。船早没了，你怎么回去？那不用你管。反正，我就是游也要游回家。那你就游回去好了。老K朝她冷哼了一声。游就游！林西拉起牛丽莎的手就要往回走，但牛丽莎只是站在原地不动。西西，别闹了。我们说好了明天回去的。林西的手松开了，你不走是吧？那行。她说着小跑着离开了。

神经病。等林西走后，老K对着那锅烧煳了的菜骂道。老K。牛丽莎瞪了老K一眼。她是神经病嘛。阿丰，你说，她是不是神经病？有点吧。丁丰说，从某个角度来说，林西的确很古怪。就是，老K有些得意了，你想想，和她认识以来，她哪件事情是正常的。要不是看在你的分上，我早就同她闹翻了。不是的，西西她人很好的。牛丽莎极力解释。我们从小一块儿长大，我再了解她不过了。她就是有点不知道该如何同人相处。岂止是有点？老K不无嘲讽道。老K！牛丽莎显然生气了。好好好，我不说她总行了吧。老K把身子凑近了，我们还没吃饭呢。要不，我把那锅菜倒了，重新弄几个菜给你尝尝？牛丽莎没有应他。她拉了下肩上的围巾（那块围巾就快滑下来了），说，我们还是去找林西吧。

老K不乐意了。要我说，她肯定是回了旅馆，在那睡大觉呢。那也得回去。毕竟我们是一起出来的。何况她一个女孩子，总归不大安全。就她？还不安……不过，老K的话只说了一半就说不下去了，火光下，牛丽莎的眼睛里晃动着一片红。

三人匆忙收拾好东西，赶回了旅馆，但林西并不在那里。先前的那个农妇正坐在底下一层看电视。牛丽莎走上去，问她，和我们一起来的那个女孩回来过吗？没有。农妇说。

外头天已经完全黑了，漆黑的江面在月光下像镀了一层光，但就连这光也是朦胧的，带着一丝诡异。他们在岛上来来回回搜寻着，没有发现林西的一点踪迹。

在不知道找了第几遍后，老K终于发话了。这样找下去也不是办法。见他们不响，他又说，放心吧。没有船，她不可能出岛的。可这话越发加重了他们的疑虑。难不成她真的赌气跳了江？可这又怎么可能？他们默然地看了会儿江水，听到老K说，先回去吧。说不定过会儿，她自己就回来了。

## 九

那天晚上，林西没有回来。丁丰和老K住在旅馆二楼的一间房，牛丽莎则单独住隔壁一间（那间本来是她和林西一起住的）。老K大概是累了，上床后没多久便打起了呼噜。丁丰听着老K的呼噜声，却怎么都睡不着。

回旅馆的路上，牛丽莎问他，你和她说了什么没有？他和她说了什么？他想。无非是她问他牛丽莎对他说了什么，而他说，她挺好的。仅此而已。他想不出那句话里有什么不妥，但他仍是同她撒了谎。没有。他说。

隔壁房里传来了一阵声响，是拖鞋踩过地面的声音。这声音停了会儿，又响了起来。他猜想她一定也睡不着。他没有睡好，第二天一早，又和老K、牛丽莎急急忙赶往了码头。码头最早的一班船也要八点才开，他们在码头上等了会儿，并没有看到林西。只有几个散客站在那里。他们在那里一直等到了下午四点（中途吃饭是换着吃的），直到最后一班船快要开走的时候，才跳了上去。

最好的情况是林西已经回了家。这听上去多少有点天方夜谭，且不说别的，就是她的行李还留在房间里，那是她去野炊前放在那的，里面装有她的衣服和一些现金。换言之，她手头根本没有钱。可他们也只能寄希望于此。然而，他们最后的一点希望也破灭了。林西并不在家。林西的父母见到牛丽莎，一脸惊讶，他们不明白为何林西没有回来。牛丽莎只能解释她们是分开走的，她还以为林西先回来了。

接下去当然是报警，四处找人。老 K 和丁丰也被揪了出来，但那已经不重要了。那几天，他们几乎每天都在担惊受怕。他们害怕江里面忽然就浮出一具女尸，又或者，她在其他地方遭遇了不测。讽刺的是，林西竟然回来了。她是在他们离开岛上的第三天回来的，谁也不知道这些天她经历了什么。她回来后，深居简出，甚至于连老 K 和牛丽莎的婚礼，也没来参加。她从他们中间消失了，几年后，又去了国外。

## 十

牛丽莎打来电话时，丁丰正准备吃晚饭。这些年，丁丰自己成了家，又从水泥厂调了出去，慢慢地就和老 K 淡下去了。

老 K 最近有联系过你吗？隔着听筒，牛丽莎的声音听上去有些扭捏。没有，怎么了？电话那头静默了会。那你有办法联系上他吗？月月这两天就要中考了，打了他几天电话都关机。月月是牛丽莎和老 K 的女儿。他呆了下。尽管他和老 K 走动得很少，但关于他的事他多少听说了一些。听说他从车队调了上来，专门替领导开车。还听说他在外面搭上了一个女人。不过，这究竟是真是假，他就不得而知了。

你先别急。可能是他手机没电了，没准待会就联系上了。他尽量安慰她，又问，你问了其他人没有？都问过了。不过，他的那些狐朋狗友，不问也罢。后面的半句话，她是咬着字说的。他能猜想得到她一个个拨打那些电话时的情景。要不是她实在没了辙，她也不会打电话给他。

这样吧，你先休息，我再想想办法。好。挂了电话，他当即打电话给了他和老 K 的另一个朋友，可对方表示并不知情。他又去了老 K 过去常去的棋牌室以及舞厅，仍没能找到老 K。

手机上时间显示已经是二十三点，他迟疑了会儿，还是打了电话给她。老 K，我没联系上。哦，她的语气里并无讶异，倒像是早就料到了似的。谢谢你了。她对他说。可这话越加叫他难过，仿佛他才是那个犯错的人。你别担心，明天我再找找其他朋友看看。她没有接话，过了会儿说，还是算了吧。

## 十一

他之后还打过几次电话给她。有什么要帮忙的，就和我说，别客气。但她的回答无外乎是我挺好的，又或者是不用了，谢谢。这当然不是事实。实际上，就他了解到的情况是老 K 和她提出了离婚，但她死活不肯。这以后没多久，老 K 就从家里搬出去住了。可就是这样，她也没有打电话来，更别提找他帮忙了。

他们再次联系上是在两年以后了。她突然打电话来说，老 K

出事了。原来老K原本就患有高血压，那日他去棋牌室打牌，出门前忘了吃降压药，亏得边上的人拨了一二〇才救了回来。

丁丰到达医院时已经是傍晚了。他看到老K躺在一张病床上，病床旁，一个瘦黄的女人坐在那里。病房里本就不大明亮的灯光打在她那张脸上，他甚至记不起来她年轻时候的模样。她老了。他想。这时，她从椅子上站了起来。你来啦。他不忍看她，转头看了一眼老K。怎么样了？早上刚做了开颅手术，接下来就看他自己了。不过，她的声音低下去了，医生说了，这病，就是治好了，也容易复发……

他很想对她说，会没事的，但怎么都说不出口。他在边上立了会儿，把一个信封递给了她。这是我的一点心意。她把信封推回去了。这钱，我不能要。我打你电话不是为了要钱。我知道，可老K是我朋友。你先拿着，有的是要用的地方。她又推了几下，不推了。那么，我先走了。还是那句话，有什么要帮忙的，就和我说。她没有回答，默默地跟在了他后面。

他们出了医院，又朝前走了一段路。在一个小弄堂口，他停下了。别送了。她手里还拿着那个信封。这钱，我真不能收。你这是干什么？如果你还把我当朋友的话就收下。他的语气是命令式的。她的嘴哆嗦了一下，似乎是想哭，但终究没哭出来。

想哭就哭会儿吧。他突然说。她把头抬起来了，一双眼睛则盯着他。我好久都没哭了。这么多年，我都习惯了……我没想到他会回来，还是这样回来……现在，他不会出去拈花惹草了，可往后……我该怎么办呢……她的眼泪流下来了，眼泪流经她那张褶皱的脸，竟让他感到了一种锥心的痛。

他把她搂住了。他的手轻柔地抚过她的背脊、发丝，他能感到那些泪水连同她这些年所承受的不可承受之重正在洇湿他的身体。他们就这样相拥了好久，直到她把身子从他怀里抽了出来。不好意思，我得回去了。他感到他的手指（前一秒触摸过她背脊和发丝的手指）微微颤动了下，但还是忍住了。她已经收拾好自己了，那么，再见。她把信封退还给了他。这回，他没再坚持，默默地看着她消失在了人海之中。

## 十二

有一件事，丁丰没有告诉牛丽莎。在林西去国外之前，他们曾见过一面。那是在初夏，空气里到处都流动着燥热的气息。林西站在水泥厂门口等丁丰。她仍旧留着个蘑菇头，戴一副厚厚的眼镜，看上去和过去没什么两样。有空吗？我想同你谈谈。林西说。他其实也可以不来的，自那件事后，他已经有好几年没见到她了，但他还是来了。

他们在一间茶馆的包厢里坐下，很长时间内，她都没有说话。她在很专心地晃动她手里的那杯茶。她晃动了许久，把茶杯搁下了。我要走了。去哪？国外。也许，以后都不回来了。

一瞬间，他感到空气变得窒息了。他想到了那晚，她愤然出走。他们把小岛的上上下下全都找遍了，也没找到她。

那天晚上，你究竟去了哪里？他踌躇了会儿，终于问她。她把头转过去了，脸朝向了窗外。那天晚上，我哪也没去。我一直都在那个岛上。我是第三天早上才坐船回了家。

可你没有钱，也没有吃的。你忘了，她瞥了他一眼，继续道，我身上带着些吃的。至于回来，则是托了那个旅馆老板娘帮忙。她还以为我们走散了。

你知不知道，你走了以后，我们把整个小岛都找遍了，也没找到你。牛丽莎还问我和你说了什么，她以为是我让你生气了。他说得激动起来。当然不是因为你。她不响了，过了会儿，才接着道，几天前，我又去了一趟无鹿岛。那个小岛上已经没什么人了，我在那座小山上走了一圈，发现当年可以一直通到旅馆的那条小路被杂草淹没了。你根本分辨不清。

丁丰知道这件事是在老 K 和牛丽莎结婚的当天。开始，老 K 还喜气洋洋的，但等十几杯老酒下肚，他的苦水便倒了出来。据老 K 说，他当时只是在那座山上转悠，没想到竟远远地望见了牛丽莎。她正从旅馆里出来。他立马追了上去，把她带到了山上。他们在山上接了吻，又半推半就地干了那事。但无论如何，他也没有想到之后林西会出走、失踪，他也被揪了出来。他和牛丽莎就这样被板上钉钉了，他是在牛丽莎父母的追逼下才同意结婚的。

你肯定以为我是在生丽莎的气吧。她还在说着。的确是有点。我气她瞒我，骗我。可她哪里会撒谎？我太了解她了，我一看她的眼神就明白了。可我更气的还是自己。因为我知道无论我再怎么努力，都留不住她了。没有老 K，也会有其他男人……

包厢里静得可怕。他沉默了会儿，问她，牛丽莎知道吗？她摇了摇头，我一直克制自己，好不让她发现。我怕会吓着她，也怕永远地失去她。那天晚上，当我对着那条河的时候，我以为我有勇气跳下去的，可结果……呵……说到底，我不过是个懦夫……

他感觉胸口像是被堵住了，有什么东西正在猛地不间断地撞击着他。他想起了牛丽莎。“西西她人很好的……她就是有点不知道该如何同人相处。”“她是刀子嘴豆腐心，你和她多接触几次就知道了。”现在，他清楚她为什么会那么讲了。是的，她知道。她一直知道。

# 这半生

## 一

云惠年轻时受过一次伤。那时，云惠在洛阳上大学，每晚，她会去一家名叫“钻石皇宫”的KTV做兼职。“钻石皇宫”里的工种有很多，佳丽啦，模特啦，少爷啦，酒保啦。总之，他们分工明确，又互有牵扯，就像人体内的经络。云惠的工作算得上是这条经络里的一个小分支，上班时，她总是穿一件白衬衣，外加一件灰黑色的小马甲，下边套一条同样灰黑的一字短裙。丝巾和帽子则是天蓝色的，戴上去颇有空姐的味道。云惠很少戴那顶帽子，一来，头上戴个东西清理起包厢来不大方便；二来，她在这儿做了没多久便发现，她的那些同行中少有人戴。云惠做的是公主。

说起来，云惠做公主并不算久，总共也才两个来月。云惠是在大四最后一个学期，临时起意入的行。那段时间，几乎她的所有同学都在忙着找工作。罗琳在电话里对云惠说，现在工作不好找，要是能有个教师编制，我就安心了。云惠听着罗琳的话，没来由地就有了一种抵触。

怎么说呢？事实上，云惠很小就知道自己要走的路了：好好念书，找份好工作，再风风光光地嫁人。罗琳跟云惠讲这番话的时候，目光异常坚定。云惠知道，这里头不仅是因为罗琳希望她好，更因为它能充分地补足罗琳的遗憾。罗琳一直觉得自己没嫁对人。

如果我那时候读大学，说不定就好去机关工作了，哪里还轮得到他？罗琳说的他是蒋大峰，云惠的父亲。和罗琳一样，蒋大峰是丝织厂的普通工人，除了上班那点最基本的事外，他什么也不会做，更不用说挣外快养家了。所以，补贴家用的事自然就落到了罗琳头上，她白天上班，夜里趁着空隙给人家做几件衣裳。罗琳的手艺好，价格又公道，常有人找上门。有几次，她刚下班，饭还没做，生意就来了。罗琳就急。这日子没法过了，等她笑着把人送走后说，我这里忙死忙活，你也不晓得去做个饭。蒋大峰从不做饭，他有一项绝活，就是忍，他从来由得罗琳骂他，就是不吭声。这和蒋大峰年轻时截然不同，据说，蒋大峰年轻时很会讲话，这才引得罗琳喜欢的。不管怎样，两人就这样僵持着，直等到罗琳败下阵来。蒋大峰似乎是可以不吃饭的，但罗琳，还有云惠不可以。所以，当蒋大峰同厂里那个女人的事被捅出来后，罗琳的怒火可想而知，她用杭州话骂蒋大峰畜生，骂了一个晚上还不解气。离婚，我要跟你这个畜生离婚！罗琳最后如是说。

云惠有时候想，也许是罗琳的结局太惨淡了，才使得自己对她的话滋长出一种警惕的态度。就好比一个从来没得到过幸福的人，又有什么资格去指导别人获得幸福呢？但云惠想归想，罗琳吩咐的事仍一件不落。罗琳说，惠惠，你考师范好了，女孩子当老师顶稳当了，云惠就去考了师范。罗琳说，惠惠，你现在最要紧的是读书，等工作以后有的是机会谈恋爱，云惠便一门心思地念书。

云惠后来回想，一定是自己把自己逼得太紧了，所以那天，当她站在“钻石皇宫”前，忽然就有了一种冲动。她知道她是想要体验一种和从前不一样的生活，一种没有人束缚的生活。但即便如此，云惠心里仍存芥蒂。云惠不愿意做佳丽，在她固有的概念里，佳丽要陪酒赔笑，一不小心还可能把自己给卖了。公主就不同了，给人点点歌、倒倒酒，又或者打扫打扫包厢卫生。云惠不想卖自己。

在“钻石皇宫”上班没多久，云惠见到了杜江。杜江是和几个朋友一起来的。起先，他们一行人乱哄哄的，云惠并没有注意到他。酒至后半场，杜江的一个朋友喝高了，点名让她陪他们一起喝。我不喝的，云惠慌忙解释。那人的手摸过来了，不就喝个酒嘛，装什么装。我又不是第一次来你们这地方。云惠要躲，没躲过，被强灌了一口。那人想再灌云惠，被杜江拦住了，够了，别吓坏了人家姑娘。杜江说着，和云惠对视了一眼。云惠注意到，那是双不大的眼睛，带着中年男人特有的精明。

第二天晚上，云惠在包厢里再次见到了杜江。这次，只杜江一人。他穿一套休闲服，通身淡蓝。昨天的事真对不起，我朋友喝多了。云惠正在给杜江点单，她有些不好意思地说，没事，我还没谢你呢。云惠以为接下来杜江会像其他男人那样跟她聊天或是调笑，但杜江没有。他们再无对话。杜江开始喝酒，他喝了一杯又一杯，云惠则不断地给他开酒瓶，倒酒。那晚，杜江总共喝掉了一整箱啤酒。临走时，云惠看到他的上半身摇晃得厉害，但他仍得体地朝云惠笑了下。我想请你去看龙门石窟，龙门石窟，你去吗？杜江说。

龙门石窟云惠曾去过一次。那时，云惠刚来洛阳，和班上同学一起去的那里。他们穿过高的、凿有两个门洞的龙门，沿着绿的、柔的伊水直抵奉先寺。看，这就是那尊著名的佛像。其中一个女同学嚷嚷道。云惠仰起头，看到整块山像被掏了一个大坑似的竖立在她跟前。卢舍那大佛就在这个大坑的中央，她的胸前随意地画着几道褶，眼睛似看非看地望着前方。我听说，这卢舍那大佛好就好在那双眼睛。云惠侧过头，看到了先前那个叫嚷的女同学，有一种说法是——无论从哪个方向，这大佛都好像在看着你。不信，你们看。女孩说着，得意地笑了下。

云惠一度以为他们会像之前那次一样去看那尊大佛，但那天，他们根本就没往那儿走。他们去的是东山，一路上，迎着石阶，能看到两旁葱绿的树木、零散的石窟。游客稀少，或许是这边的石窟不若西山集中、精美的缘故。他们就这样慢悠悠地爬在这些树木、石窟之间，也不知过了多久，眼前豁然开阔起来。是个下坡。从他们所站立的地方往下望，能看到绿茵茵的伊水，还有对面无数个弹眼密集穿过的山体。卢舍那大佛还在，那是个大体的轮廓，看不清具体的特征。一阵山风吹来，吹得她全身痒酥酥的。这时候，她感觉到了一只手，手不算大，略微有些粗糙。到了我这个年龄，大概很难再相信爱情了。杜江说着指了指自己的胸口，但它告诉我，还有。卢舍那大佛还在，云惠把自己倚在了栏杆上，让那只手握了她很久，很久。

## 二

现在，云惠三十岁了。如果说，在这三十年里有什么是让她母亲罗琳骄傲的，那一定是云惠嫁人了。说起来，云惠的婚事还真有些曲折。最开始，云惠从洛阳回杭州，进了一所重点高中教语文。几乎所有人都跟罗琳说，你女儿长得漂亮，工作又稳当，肯定能找户好人家。罗琳也这样认为。可日子一天天过去了，云惠的下半辈子却始终没有着落，罗琳便愁。罗琳忙不迭地托人给云惠介绍对象，公务员啦，IT精英啦，她恨不得把天下的好男人都网罗来了给女儿挑。云惠却并不领情，每次见面，她都不说话，从她骨子里泛出一层气息，冰冷而决绝，罗琳的忧愁便更深了。

好在，一切都过去了。此刻，罗琳站在一张酒桌前，从她所在的位置望去，能看到女儿云惠正毕恭毕敬地站在大厅门口。她穿一件白婚纱(婚纱很是保守，除了尾部的鱼尾设计外，毫无亮点可言)，盘一个复古式样的盘发，神情严肃。她旁边则是丈夫沈兆南，他个子不高，只比云惠高出小半个头。银灰色的西服倒是和他的工作相称，他是一家银行的柜员。两个新人在不停地同来人握手、拍照，罗琳看着他们想，再过不久，他们就会站在台上，当着众人的面，拥抱、亲吻，结为夫妻。罗琳不禁有些唏嘘了，这么多年来，她头一次感到了切实的幸福。这种幸福感，自出了那桩事后她便再也没有过了，就是云惠考上大学、参加工作，也不曾有这样的感觉。她晓得她是在下赌注，她把自己的后半生都赌在了女儿身上。她教女儿好好念书，好好工作，再好好嫁人，而今，她做到了。罗琳把目光收回了，她能感到身体正在不受控制地颤抖。

同样颤抖的，还有女儿云惠。云惠是什么时候开始后悔的？此刻，云惠立在沈兆南旁边想，也许是婚礼前几天，也许还要早。当她看他们忙进忙出，订酒店，挑婚纱，买喜糖，她忽地就有了一种剥离感，仿佛整件事是同她无关的，而她不过是在看别人家的喜事。再想下去，她发觉自己竟要跟一个毫不相干的男人结婚、生子，并长久地生活在一起，她的背脊骨便一阵发凉。她想同罗琳说，算了吧，可话到嘴边，又吞回去了。她晓得她说了也是白说，婚礼已经筹备得差不多了，请柬也一早发出去了，罗琳一准会说，人是你挑的，婚也是你提出要结的，你开什么玩笑？

是，事实确实如此。可她的人生就只能这样了吗？云惠把两只手交叉在胸前，好让自己不那么发颤。这时，她又看到了蒋大峰，他站在她跟前，不停地搓着手。蒋大峰当然不可能出现在云惠的婚礼上，事实上，她是在婚礼前一天见的他。当时，云惠正看着窗外，罗琳对她说，惠惠，这件外套我塞在这里，明天冷了，你好披上。哦，她头也没回。罗琳又说，明天中午你从我这里出去，到了他们那要多吃点，不然晚上敬酒没的吃的。哦，这次，她把头转过来了，她也不知哪来的勇气，说，妈，我想出去一趟。罗琳以为她是要见沈兆南，忙叫道，不好去的，婚前见新郎不吉利。云惠已经跑出去了，她穿过两条马路，迅速跳上了一辆一九九路公交车。

车子很快开动起来，从城东一路开往城西，云惠在公交车上发短信给蒋大峰，我想见你。发完短信，云惠把头靠在了玻璃车窗上，她想起自己好像已经很久都没跟蒋大峰联系了，仅有的一次还是上大学前，她打电话给他，说，我考上大学了。不等蒋大峰说话，她又说，我会过得很好，我妈也是。说完，她把电话挂了，那以后，她再也没联系过他。倒是蒋大峰，发过几次短信给她，她都没回。车子开开停停，她在刹车、启动中想象蒋大峰的样子：鼻梁很高，整个脸部线条称得上立体。多年未见，她记忆里的蒋大峰并未因此而模糊半分。

真正见面却同她想象的大相径庭。她还没下车，就看见了他。他坐在翠苑新村车站的凳子上，背微驼着，脸衰老得可怕。他已经不是原来的他了，她甚至怀疑这到底是不是他。她跟着人群下了车——他一定也发现她了，这么多年没见，却也和她一样一眼就把她认了出来。他似乎想要站起来，但腿一哆嗦，又坐下了。她走过去，在他左边坐下，发现他在不停地搓手。我要结婚了。她说，他是本地人，在银行工作。妈很喜欢他。她听到他说，哦。右前方，一辆车排出的灰黑色的尾气正向四周弥漫开来。可是——我并不爱他。突突突的汽车声响几乎盖住了她，他把眼珠子睁大了，她却还在说着，我不爱他。那个时候，你离开妈和我，也是这样的心情吧。

说出来了，云惠望着开过去的那辆车想，那些若针扎着她的字眼，她终于说出来了。此刻，她望着他，脸上并无任何异样的表情，仿佛她说的、做的都是再正常不过的事。她希望他——她的父亲，这个曾经挣脱出牢笼的人能给予她勇气，像他当年那样。然而，他只是看着她，双手仍不停地搓揉着。他的眼球已经浑浊了，像参透了人世间所有事一般。好好过日子吧。他的声音低得有些假，她很难相信，这句话竟出自当年那样不管不顾的父亲之口。他还在望着她，眼神近乎哀求。云惠站起来了，她甚至没有同他说声再见，便朝对面的车站走去。这时候，她看到路中央的隔离带上许多小花正肆意地开着，粉的、紫的、黄的，星星点点，把那个初春燃尽了。

## 三

蒋大峰可能忘了，云惠十岁那年，他曾带她爬过一次玉皇山。那时候的玉皇山还没被开发，他们沿着那条土路慢慢上去，一路上看到了许多映山红。爸爸，我能采点映山红吗？云惠问。蒋大峰默许了，任由女儿在山路上跑来跑去，自己也跟着采了起来。到家时，天早黑了，罗琳边拉过云惠边说，怎么回来得这么晚？饭都凉了。蒋大峰没有出声，他去屋里拿了个空塑料瓶，剪了，接上水，又把手里拿着的那把映山红插进去。罗琳正在给父女俩热菜，等她从厨房里出来，看到餐桌上多了一束淡红色的映山红。妈妈，这是我跟爸爸一起采的。云惠的语气里满是得意。罗琳的脸阴下来了，她把菜搁在桌子上，对蒋大峰说，惠惠小，玩会儿也就罢了，你这么大人了，也不晓得个分寸。我今天忙了一天，把屋子里里外外都打扫过了，待会还要做衣裳……云惠不用听，也晓得罗琳接下来要讲什么。不仅如此，云惠还晓得，蒋大峰必定不会反驳。果真，蒋大峰低下头吃饭了，他吃得很慢，是嚼好久才吞下去一口的那种慢。

云惠也把头低下了。对于父母亲动不动就上演的这套把戏，云惠说不上喜欢或是讨厌，更多的还是出于一种习惯。这些年来，母亲的唠叨、埋怨以及父亲的沉默隔三岔五就要出现一次，她甚至以为它们会一直伴随她进入青春期、中年，乃至老年。但云惠很快发现自己错了。

那是个平常得不能再平常的下午，云惠放学回家，老远就看见家门口围着一大拨人。云惠那时还不知道父亲出了事，只当母亲又做了件摩登衣裳。这种情况过去也有过，常常引得女人们前来问长问短的。及至走近了，她才发现母亲并不在场，也没有她所臆想的摩登衣裳。云惠心里就隐隐发毛。她穿过拥挤的人群，在家门口站定。妈，我回来了。门并没有关，云惠打开虚掩的门，走进去，看到家里能摔的——电视机、电风扇、被子、褥子，还有各式锅碗瓢盆，都摔在了地上。她简直都没地儿搁脚。她一迈腿，踩到了一枝映山红。映山红早开过了，又被摔了一气，发出无力的嘎吱声来。

蒋大峰窝在沙发边，他的两只手抱着后脑勺，看不出什么表情。好你个蒋大峰，我在家里累死累活，你倒在外头风流快活。罗琳笔直地站在蒋大峰跟前，通身都是杀气。你跟那个狐狸精的事情，你今天倒是给我说清楚了。蒋大峰一言不发，他的手仍抱着后脑勺。说呀，罗琳的声音像是炸开了，你跟那个骚货不是很能说的吗，到家怎么就变哑巴了？云惠从未见过这样的阵势，若是在平常，她当然能猜到接下来的情况：蒋大峰继续忍而不发，而罗琳没了对手，用不了多久便偃旗息鼓，日子也就顺理成章过下去了。日子难道不是一直这样过下去的吗？云惠想。可那天，罗琳像是钻了牛角尖，非要揪出个甲乙丙丁来。她用杭州话骂蒋大峰，骂那个不要脸的骚货，她骂了一晚上，也没能从蒋大峰嘴里抠出半个字来。罗琳终于骂累了，她把自己往椅子上一扔，抛出了一句狠话来：离婚，我要跟你这个畜生离婚！

罗琳倒不是真想离婚，离婚这种事太麻烦了，他蒋大峰虽说没什么大用场，可毕竟夫妻一场，感情还是在的。罗琳咽不下的是这口气。这破事，整个丝织厂的人都晓得了，只有她像个傻瓜似的被蒙在鼓里。她要他哄她，乖乖向她低头认错，保证以后不跟那个狐狸精来往。她要的不过是个台阶，可他却较起真来。好，离！我离！

罗琳只觉得一口气被堵着了，上不来也下不去。她朝蒋大峰吼道，滚，你给我滚，你有本事滚了就别回来！家里的东西你一样也别想拿走，还有女儿，罗琳瞥了眼云惠，你永远都别再想见到女儿。因为这句话，蒋大峰的脚停了下，又走了。屋子里很静，外边看热闹的人也都散去了，罗琳呆看了一会儿那扇被蒋大峰关上的门，哭了起来。她哭得如此声嘶力竭，有一瞬间，云惠甚至觉得面前的这个女人很陌生。云惠印象中的罗琳可以是果断的、蛮横的，但绝不至于软弱至此。云惠用手去拉罗琳的衣角，罗琳把头转过来了，云惠看到一张由于悲愤而扭曲了的脸，脸上，一双眼睛煞红煞红，泪水哭得到处都是。云惠不知该如何安慰罗琳，罗琳却把云惠的小手捏紧了，惠惠，你记住，从今天起，你再没有爸爸了。

云惠果真就没了爸爸。这倒并不是因为云惠有多恨蒋大峰，说到底，蒋大峰也许算不上好丈夫，他既不能赚钱，又帮衬不了家务，甚至还在外头偷了腥，可他对云惠却并不算太坏。他会教云惠吹口哨、爬树，也会带云惠去采花，摸螺蛳，捉知了。云惠不认蒋大峰，主要原因还是罗琳，是罗琳含辛茹苦把她养大，她不想对不起罗琳。他俩唯一的联系，还是在云惠上大学前。云惠打电话给他，说，我考上大学了。不等他反应，她又说，我会过得很好，我妈也是。话一出口，云惠便后悔了。其实，她完全可以不讲那句话的，她知道他过得并不好。

云惠一度以为自己和蒋大峰之间永远都要隔着罗琳了，可她不曾想，自己竟想见蒋大峰了。那是她结婚前一天，她听着罗琳的唠叨，忽地决定去找他。他们并排坐在公交车站的凳子上，周围满是汽车、人群的嘈杂声。我要结婚了，她说，可是，我并不爱他。突突突的汽车声响几乎盖住了她，她看他把眼珠子睁大了。我不爱他，她又说了一遍。是的，她不爱他。她爱的那个人，在另一座城市，他有老婆，有孩子，给不了她所谓的名分。可她难道不是一开始就知道了吗？这些年，她竭力不去想这个问题，她是那么渴望同他继续下去，然而，他却说，他们不能再在一起了，他不能害了她，他要她找个好点的人嫁了。她就要嫁出去了，此刻，她坐在公交车站的凳子上望着蒋大峰。她固执地认定他——她的父亲会懂她，鼓动她，就像他当年那样。然而，他只是看着她，低声说，好好过日子吧。

## 四

云惠也曾想过好好过日子的。婚后，云惠和沈兆南搬进了一套两室一厅的房子里。房子是沈兆南父母名下的，云惠在新居里烧菜、洗衣、做饭，几乎把能做的全揽了过去。有一回，罗琳才进门，就看到云惠跪在地上，两只手来回地擦着地板。云惠的后方是一只红色的水桶，桶里的水已经脏了。云惠擦好跟前一块地，把毛巾搁水桶里，正要去洗，一抬头，看到了罗琳。罗琳的眼睛就酸了，她抢过水桶道，你从小到大，我都舍不得叫你这样干活，他沈兆南倒好，你才嫁给他多久，就成老妈子了？云惠说，妈，他工作比我累，我多干点也没什么。云惠说的倒是实情，沈兆南的工作听上去光鲜，但说白了就是一天到晚坐在柜台前数别人的钱。一天下来，金额少了不行，多了也不行，天摸黑了回家更是常有的事。罗琳的语气软下来了，惠惠，妈知道你是心疼他，但有些事不能做过头。你别忘了，妈当年就是吃的这个亏。罗琳拎着水桶去倒水，她只当女儿年轻，不经事，却不晓得云惠这么做是另有原因。

关于那个原因，云惠从没告诉过任何人，就连自己的母亲，她也未透露半分。这的确是个难以启齿的话题。新婚夜里，她同沈兆南一起回了新房。沈兆南被灌了不少酒，他表示要先洗个澡，再睡觉。这实在是再正常不过的事情，但云惠却好像才反应过来。她要同他睡觉了。在他们交往的不算太长的时间里，他也曾起过几次念头，都被她拒绝了，她表示必须要留到新婚之夜才做。可现在他们是夫妻了。云惠坐在床沿上，看床头叠得老高的被褥、大红的枕头，脑子里映出的却是她的初次：她脱光了衣服，像一个殉道者般紧闭着双眼。他——杜江摸着她，轻柔地吻着她的下巴、脖颈，还有锁骨，她明明是害怕的，她能感到自己的身体在不由自主地颤抖，可她却更加渴望着他——这个她爱上了的男人，进入她，摧毁她。她知道她是想要把自己逼入绝境，再无退路。她做到了，云惠想，她已然不是处女了，可不知为什么，那天夜里，当沈兆南进入她时，她什么反应都没有。她只是平躺着，她能听到沈兆南从她身子底下进进出出的声音，喘息的声音，然而，她只是躺着，那感觉，就好像她已经死了。

云惠的这种感觉过了很久都没能消除掉。她有时也问自己，她已经嫁人了，以她的个性，绝不可能离婚、再结婚。她也从同事、朋友那听过太多的故事，知道夫妻之间不过是一本证书、一个枷锁，大多数时候同爱情无关。这些道理她都懂，可每当他要她，她的身体就是不肯妥协。这是种本能，她像是被打了抗体，肢体僵硬、表情狰狞，每一个细胞都在排斥着他，抵抗着他。完事后，她总会从床上爬起，去卫生间冲澡。她把澡洗得特别冗长，上上下下，每一个角落都洗遍了，出来时，才发现他并没有睡。他侧躺在床上，有意无意地扫了她一眼。只一眼，她便觉得自己被看穿了，她希冀他能说些什么，可他偏偏一个字也不说，就好像他是为了专门看她一眼似的。这使得她生出一股罪恶感来，她把家里能干的活儿都干了，在其他方面愈加尽力地待他。她听到他们对他说，你可娶到了个好老婆啊。他不回答，微微一笑，她的负罪感便愈加重了。

云惠的这种负罪感一直到婚后第三年才结束。那年，云惠怀孕了，罗琳晓得后，几乎第一时间就赶到了她家。这是你俩的头一个孩子，马虎不得的。要多休息，家务绝对不能再做了，吃也要注意，不能吃寒性的……还有，罗琳显得有点神秘兮兮，你不要嫌妈多事，那种事，你们还做不做的？云惠呆了一下，她没想到罗琳会这样直接。也就是这么一愣，罗琳立马看出了端倪。你们怎么能这么大意呢，你才头三个月，万一……罗琳不说下去了，她将话题一转，说，这事不是儿戏，你不说，我找他说去。

那以后，沈兆南果然不再碰云惠。过去，他想要她，而她不方便时，他总是会把手伸进她的胸口，长时间地揉她的乳房，仿佛那样就可以得到些慰藉。可他连这点瘾头都戒了，一到晚上，他便背对着她，倒头就睡。起初，云惠还高兴，她怀了他的孩子，母亲保护孩子，不是天经地义的吗？眼看日子一天天过下去了，他对她越发冷淡。过了头三个月，他甚至从房间里搬了出去。你肚子大了，两个人睡不方便，我以后睡沙发上好了。他的话听上去合情合理，可她心里竟无端生出一丝不安来，仿佛他们做爱的事是她泄露给罗琳的，而那个要求也是她提出来的。她成了一个可耻的告密者，一个借孩子满足自己私欲的母亲！羞耻感越来越多，漫过了她。腹中的胎儿像是感应到了什么似的，动了一下，云惠把手放上去了，她想，等生完孩子，就接受他吧。

## 五

阿宝刚满月，家里出了件事，沈兆南被抓了。沈兆南是在按摩店里被抓的，警察冲进房里时，他和那位刚缠绵完不久的小姐正赤裸地躺在床上。床旁边半旧的垃圾桶里，一只他用过的避孕套醒目地搭在那里。人证物证俱在，有那么一会儿，云惠都没能缓过劲来。阿宝还睡着，罗琳出去买菜了，她是来照顾云惠坐月子的。云惠接到那个电话，只觉得荒唐。她的丈夫，那个跟她说要出一趟差的丈夫，他甚至连碰都不碰她一下，可他却在外头嫖娼！她的脑袋有些晕眩，可再转念一想，难道不正因为如此吗？正因为他在外头有了女人，才不再需要她。此刻，云惠坐在床上，既不看阿宝，也不看别的什么东西。她应该哭的，或者像别的女人那样歇斯底里一番，可她发现自己除了感到荒唐外，并没有难过。她到底不爱他，她想，可她还是要去看他，他是她丈夫。

云惠从床边站起来了，她换好衣裳，一开门撞上了罗琳。罗琳拎着菜袋，说，惠惠，妈晓得你天天吃猪脚、鲫鱼吃烦了，今天给你换个花样，来个枸杞炖鸡汤。罗琳说着把眼眉往上耸了一耸。云惠没有去接这个话题，妈，我躺多了，想出去走走。这怎么行？罗琳的态度很坚决，阿宝才满月，你现在要做的就是多躺，多休息。见云惠不高兴，罗琳又说，惠惠，你不要嫌妈啰唆，女人坐月子很讲究的，不养好，以后有的是苦头吃。云惠不再说话了，她想，罗琳总能说出一大堆道理来，而这些道理她永远都辩驳不了。她跟着罗琳重新进了屋，在床上躺下。直到罗琳去厨房洗菜，她才轻轻地爬起来，溜了出去。

清波门派出所离云惠家不远，但那天云惠走走停停，足足花了半小时。从她身子里渗出来的汗一层接着一层，拭都拭不干净。她也不知道自己哪来的那么多汗。等到达派出所时，她的衣裳早湿透了。接待她的民警，年纪已经很大了，他用杭州话跟她讲述了整件事的经过。据他所说，他们是接到报警才去的那家按摩店。本来这事并不严重，但审讯才没多久，那小姐就全招了。

她说她和沈兆南不是第一次了，最早的时候，沈兆南是随便点的她。她那时刚做这行，还不大习惯，他却说他喜欢她这个样子，安静、腼腆，不像其他小姐。再后来，他就固定找她了，而她也喜欢他的干净、儒雅，当然，还有钱。他走时，总会多给她留些小费。他是好人，她最后对他们说，却不知道她的话完全将他陷入了死地。这属于多次嫖娼，警察总结道。似乎是怕云惠受不了打击，警察特意把声音压低了。

多次嫖娼。云惠在心里边重复了一遍。她想起，沈兆南每隔一段时间便会出上一次差，然而，他具体去了哪里，又干了什么，他从不说，她也从不过问。她还想，如果她的脑子多转上一转，就会想到柜员其实不需要出那么多次差的。现在，她算明白了，她在一张凳子上坐下，等沈兆南。沈兆南出来了，他的眼袋浮肿着，下巴上多了许多小胡茬。都会过去的，我和阿宝在家等你回来。她把在路上反复斟酌好的话说了出来，她以为他至少会跟她说声对不起，保证下次不再犯，但他却并没有。他伸手抓了下自己有些压乱了的头发，问她，你难道没想同我离婚吗？离婚？她愣了下，在她的思考范畴里好像从来都没有“离婚”这个字眼。是，她是不爱他，他也确实对不起她，可离了婚又能怎样？难道她还能拖着个孩子再去嫁人吗？不。她这辈子早没奢望了，既然如此，她又何必大费周章地离婚呢？

沈兆南却把头凑近了，你不离吗？那好，你不离，我离。他突然笑了起来，蒋云惠，别人都说你贤惠、持家。屁！只有我知道，你那是为了掩饰你的心虚。警察朝他们这里望了一眼，示意他讲话注意点。沈兆南却并没有停下来的意思，蒋云惠，今天我们把话挑明了，我是找小姐，可找小姐怎么了？实话同你讲，我随便找个小姐都比你来得真诚。先前的那个警察踱过来了，哎，你怎么说话的？他边说着，边满腹狐疑地扫了云惠一眼。也就是这一眼，她忽然感觉一切都倒了个：她明明是来探访的，可在她嫖娼的丈夫的控诉下却成了一个十恶不赦的罪犯。一切是如此的不真实，她茫茫然地定在那里，她晓得他们之间是永远都说不清了。

## 六

罗琳从没有告诉过云惠她到丝织厂报到的那个下午。她像只兔子般谨慎而又兴奋地跟在车间主任后边，打量着整个工厂，然后，她看到了蒋大峰。蒋大峰站在车间外头，他侧着个脸对着她，她能看到他挺括的鼻梁、略微丰厚的嘴唇。大峰，她听到车间主任叫他。他应了一声，转过脸来。这下，她看清了，他的五官相当分明，很男人的那种。她正要跟主任往里走，他冲她笑了下——新来的？挺好看的嘛。

究竟是这个笑容还是那句话打动了她，连罗琳自己也说不清。等她再大一些，她就会晓得，那不过是他随口一说，就和满大街的落叶一样分文不值。可那天，她却为那句话着了魔。在她有限的十六年的生命里，还没有男人夸她好看过，她长得实在很一般。她迷上了他，婚后，则把他供了起来，家务是她做的，孩子是她管的，她把所有的事都包了下来。他呢，自此掉进了安乐窝，往往吃好饭便往床上一躺，再不然就是到外头瞎逛。她渐渐发现男人光有这张脸同嘴上功夫是不行的，她开始抱怨他的无能，怪自己当初年少无知。她以为这样便能刺激到他，让他振作起来，他却越发消沉，连话也懒得说了。

所以，你可以想象那天，当罗琳知道蒋大峰这尊哑炮居然对着别的女人开火时的心绪。她恨他、恼他、骂他，说白了，还是在乎他。她要他低头认错，要他这辈子都记得自己欠了她，不料想，他竟屁股一掸，甩下“离婚”二字，走了。他怎么能这么狠？她独坐着，把自己哭得昏天黑地，直到有人拉她的衣角。她偏过头，发现那是她的女儿，她的长相完全继承了她的父亲，虽还小，但俨然是个美人胚子了。她突然意识到，她还有个女儿。她的人生没希望了，可女儿还有。她把所有的筹码都压在了女儿身上，她教她好好读书，好好工作，擦亮了眼睛找男人，她如她所愿做到了，可到头来她还是步了她的后尘。

老天是有多不公平？知道沈兆南的事情后，罗琳的第一反应就是不能这样便宜了他。她急匆匆赶到银行，预备大闹一通。工作人员告诉她，沈兆南早不在了。不在了？她问。是呀，早走了。也是，做了那种事还有什么脸再做下去啊。那人说着，颇有深意地朝她笑了笑。她听着这话，心里并没有因此而痛快半分，她倒是希望来一出大闹天宫，使得沈兆南彻底身败名裂，再引咎辞职的。

出了银行，罗琳决定去沈兆南父母家。自出事以来，她女儿瞒着她也就罢了，可她的亲家公、亲家母竟也没丁点表示，他们除了开头来看过两次阿宝，给了点钱外，对那事只字未提。这实在难以理解，难道他们也同她一样不知情吗？罗琳去敲沈兆南家的门，开门的是他母亲，见是罗琳，倒也不惊讶。她领罗琳进了屋，坐下，说，你是为兆南的事来的吧。这下，罗琳明白了，他们早知道了。不瞒你说，我是今天才知道的这事，罗琳把手架在了桌子上，本来，你儿子犯了错，不该由我来擦屁股的。可你儿子一句话，说离就离了，这也太欺负人了吧。说到这里，罗琳停下来，缓了口气。这婚，是要离的，但不是这么个离法，我女儿的精神损失费，还有孩子的抚养费，都要好好算清楚。

沈兆南母亲没有马上接腔，她沉默了一会儿，说，这事我们兆南是有错。他回来后，我和他爸爸恨不得抽他、打他，他也好不到哪里去，把自己关在房间里，谁都不见。等第二天早上，我们再看，哪还有人？只有桌子上留下的一张字条，说对不起我和他爸，还叫我们别管他了。我们四处打电话，把该找的地方都找遍了，最后只好去派出所报案。呵……她突然停了下来，说来也巧，接待我的那个警察听我报了兆南的名字后，吃了一惊，又问我，是不是前段时间被抓的那个。我也顾不得难堪了，说，是，怎么了？他支吾了会儿，告诉我，那天，他就在现场，他听到我儿子对你女儿说，随便找个小姐都比她来得真诚。罗琳的脸涨红了，你，你把话说清楚了，什么叫“随便找个小姐都比她来得真诚”？沈兆南母亲并未有惧色，对，这正是我要说的。至此，我全明白了，我们兆南从来都光明磊落，他怎么会糊涂到走上这条路，断送自己的大好前程？要不是你女儿干了什么龌龊事，他，他会这样吗？

罗琳已经讶异得说不出话来了，她活到这把岁数，还从未听过这样的事情：是她家儿子嫖了娼，被抓了现行，可她竟倒打一耙，怪到了她女儿的头上。罗琳也顾不得跟她讲道理了，畜生、王八蛋，她几乎把能骂的都骂了，最后撂下句话来，你等着，我们法院见。罗琳气呼呼地跑回去跟云惠诉苦，云惠却说，算了吧，还嫌丢脸丢得不够吗？罗琳气得嘴巴都发抖了，惠惠啊惠惠，你就是太软弱，才被他们这样欺负的。你知道刚才沈兆南他妈怎么说你的，她说是你干了见不得人的勾当，才逼得她儿子走这条路的……是，他是丢了工作，现在又失踪了，可这是他自找的，是他先对不起你，也对不起这个家。罗琳的腮帮子由于气愤而不停地一起一伏，云惠却在那一起一伏中看到了沈兆南。沈兆南说，蒋云惠，别人都说你贤惠、持家。屁！只有我知道，你那是为了掩饰你的心虚。云惠把左手伸出来，按在了心口上，这时候，她听到了自己心跳的声音，扑通，扑通，扑通，扑通。

## 七

阿宝上幼儿园那年，云惠离婚了。沈兆南仍是下落不明。有消息说他在北京一带闯荡，还有消息说他根本没到外地，就在本城。孰真孰假，云惠不得而知，但有一点是肯定的，依据法律规定，像沈兆南这样失踪满两年的，便可以离婚了。从法院出来，罗琳的嘴巴絮叨个不停，她一会儿埋怨法院没判给她们精神损失费，一会儿又不满只分给了她们一套房子。我真是不明白，罗琳显得义愤填膺，他沈兆南嫖娼总是错的吧，怎么就不能赔我们精神损失费？罗琳一路走一路怨，云惠没有吱声，说到底，她对离婚这事并不上心，若不是罗琳天天在她耳旁念叨，她根本不会去离。

不管怎么样，总算离了。罗琳终于怨够了，她两眼直对着云惠，说，你现在还年轻，还可以再找一个好的。罗琳的这个想法，之前也提过几次。过去，云惠总用阿宝小来搪塞，罗琳也就不再讲下去了。可今天，许是因为云惠刚离了婚的缘故，罗琳并不打算就此打住。惠惠，妈知道你心疼阿宝，可这日子还要过下去的，你一个女人家，要吃，要穿，要生活，多少辛苦。你嫁了人就不一样了，有了依靠，反而能更好地照顾阿宝。

云惠很难理解罗琳的想法，这就好比罗琳自己栽了跟头，却仍期望她能找到幸福。可她还能相信所谓的幸福吗？云惠还清楚地记得，从派出所出来的那天，风忽地大了。先前出过的汗收进去了，风吹在她身上，她只觉得冷。回到家，阿宝已经醒了，不知是饿了还是别的什么原因，正哭个不停。罗琳刚要去哄阿宝，看见她煞白的脸，忙说道，叫你不要出去，你就是不听，看看你都成什么样子了。云惠也不管，径自挨着床头坐下。阿宝还在哭着，整张脸憋得通红。云惠把阿宝抱了起来，阿宝是那么弱，那么小，那一瞬间，她仿佛看到了另一个自己。云惠将衣服解开了，阿宝嗅到了奶味，立马迎了上来。他的嘴用力地裹着她的奶头，她能感觉到她的血液、骨髓乃至灵魂伴着她的乳汁流至了他的口中。什么都不重要了，她想，在经历那么多事情后，她已然发觉自己走完了所有该走的路，她的人生只能这样了，但她还有阿宝，她要守着他，看他过不一样的生活。云惠的这些心思当然不可能告诉罗琳，她由着罗琳一个人瞎起劲，却始终不肯松口去见任何人。罗琳只当是女儿没能从那场失败的婚姻中缓过来，她固执地认为，只要给上足够的时间，一切便会好起来。可直到阿宝上了幼儿园，事情也没半点起色，罗琳就愁。

一天，罗琳跟往常一样从幼儿园接阿宝回家，刚烧好饭，云惠就回来了。云惠的脸色看上去不大好，没吃几口就停了下来。惠惠，你人不舒服？妈，我就是课上多了，有点累。你多吃点，罗琳说着往云惠的碗里夹了几口菜，吃完赶紧休息，阿宝今天晚上跟我睡好了。我没事，云惠吃了一口，把筷子搁下了，阿宝跟我睡习惯了。这倒是事实，自阿宝出生以来，一直都同云惠睡。罗琳不再勉强了，但她终归有些不放心。夜里，隔壁房间起了哭声，罗琳越加担心起来。罗琳从床上爬起去看女儿和外孙，房间里窗帘没有拉实，对楼的灯光照过来，使得整个房间生发出一种半明半暗状来。云惠侧躺在床上，上半截衣服敞开着，阿宝就趴在敞开处，嘴里吮吸着什么。罗琳不禁叫出声来，惠惠，你这是干什么？云惠被罗琳吓得慌了神，忙把阿宝松开了。妈……阿宝……刚刚在哭。罗琳抱过阿宝道，阿宝哭归哭，你用得着给他吸奶吗？还是说……你一直就没断过？罗琳说完当即后怕起来。云惠断奶的事她再清楚不过，那时，阿宝才半岁，云惠满了产假回学校后，奶水渐少，便索性断了。可现如今，阿宝还在吸云惠干了的奶，罗琳的鸡皮疙瘩就起来了。

妈，我没别的意思，我，就是看不得阿宝哭。别叫我妈，你……你这是……变态啊。罗琳犹疑了会儿，终于把那个词说出来了。云惠本来想说，不是这样的。对，她是爱阿宝，也迷恋那种被他吮吸的感觉。在这点上，她确实错了，但事情仅此而已，她根本不是罗琳想的那样。罗琳却没有给她半点辩解的机会，你自己不找男人也就罢了，可你这样……你……你知不知道你是在害阿宝啊。罗琳的眼泪掉下来了。这是云惠记忆里罗琳第二次哭，第一次还是蒋大峰出走那会儿，罗琳把自己哭得撕心裂肺，昏天黑地。眼下，罗琳又哭了。隔了那么多年，罗琳连哭法都变了，她哭得轻声细气，断断续续，可恰是这细的、断续的哭声，若锥子般扎进了云惠的心。

## 八

云惠觉得，日子真是像极了阿宝手里的那个陀螺。多年前，她还没结婚那会儿，她跟在罗琳后面，挨个去见那些男人。那时候的她，冷冷的、决绝的，她无论如何没有想到，她在时间的转盘里爬了一圈，竟又转了回来。云惠是在那晚以后决定去相亲的。那天晚上，云惠扣好扣子，站在了床旁边，她的斜前方，母亲罗琳正立在那里。罗琳手里抱着个阿宝，不停地哭着，她的哭声很轻，有一搭没一搭的。云惠就想，罗琳若像平时那样一点就炸便好了，可她偏偏没有，她只是哭，她哭得那么绵软、凄冷，一下子就把云惠的心洇湿了。

云惠跟罗琳说，妈，这事真不是你想的那样。见罗琳不搭理，她又说，你不相信的话，从今天起，阿宝跟你睡好了。云惠说到做到，每晚睡觉前，她就把阿宝送到罗琳手上。最开始的那几天，阿宝哭得要死要活，她也不管。不仅如此，她还把过去她不肯见的男人重新翻找出来，分别安排好时间见面。云惠想，她这辈子是不可能有爱情了，但凑合着过总行吧。几次见面下来，她发现想要凑合也并非一件易事。同她见面的都是清一色的离婚男，他们从前一场攻坚战上退下阵来，感情或是经济都有不同程度的受损。因而，他们说话、做事，无一不是过分谨守着那条界限，钱怎么算啦，孩子归谁管啦，张口闭口都像是在谈一桩买卖。再不然，便是直往那事上奔。大家都是过来人，没必要在这种事上拘谨的，他们这样对她说。这话倒也没错，但云惠听了心里却很不受用。兜兜转转找了一圈，人是没找到，反倒惹得罗琳颇有微词。罗琳说，你不想找就别找，你只要别害阿宝就行。一句话说得云惠越加憋屈，云惠想跟罗琳讲，我这么委屈自己是为了谁，还不是为了你同阿宝，但她终究忍住了，她怕再一次见到罗琳哭。

不管怎样，日子一天天过去了，眼见天是一天热似一天，云惠的第二春却迟迟未来。暑假里，有好事的给云惠介绍了一个男人。他是本地一所大学的历史系讲师，比云惠大两岁，叫林国光。说起这林国光也着实可怜，本来，他日子过得好好的，谁晓得，他老婆年纪轻轻得了病，死了，留下他一人。林国光和云惠见面的时候，他老婆已经死了三年了。他们约好在一家咖啡馆见面，云惠去的时候，林国光也到了，他穿着件深灰色 T 恤，下边穿一条蓝色的牛仔裤。你好，我是林国光。他伸出一只手来，脸上随即笑了一笑。你好，我是云惠。她接过那只手，握了握，坐下了。

起初，那次对话并没有什么不同。同过去任何一次相亲一样，他们聊了各自的家庭、工作，然后，就跟突然断电了似的，彼此再无话可讲。他们就这样默默地坐了一会儿，云惠以为他会像别的男人那样跳出来打破这种局面，但奇怪的是，那天，他并没有。有人在弹 *When a Man Loves a Woman*，乐曲从咖啡馆中央的那架三角钢琴处缓缓流出，使得她有一种很奇妙的感觉。她默默地听完那首曲子，听到他说，老实说，我来这儿很大一部分原因是为了我爸妈，自从我妻子去世后，我一直没找，他们很替我担心。当然，我也不是没动过再找的念头，只是要遇到一个投缘的，实在不易。他把他面前的蓝山咖啡端了起来，晃动了下，说出来，你可能不相信，刚刚我沉默的时候，我就在想，如果你也同我一样沉默不语，那我们或许可以试试。他的坦率令她有些吃惊，毕竟还没有哪个男人跟她这样说过。为了我爸妈——她在心里默念了一遍，竟萌发出一种莫名的好感来。她想，他是她的同盟呢。

云惠和林国光就这样开始了"恋爱"。他们会在周末一起出去吃饭、逛街、看电影，他会轻柔地拉她的手，又或者揽她的肩膀。偶尔，他的嘴凑过来，两人的嘴一对上，也是若舐犊般的柔情。除此之外，他再无僭越的举动。他似乎晓得她的心思，因此有意无意地告诉她，那种事，他不会勉强。她安心了，他们更像是朋友之上，情人之下，她没什么不满了。只是，他想要个孩子。他们相处了一段时间后，他对她说，他爸妈年纪大了，如果可以的话，他想尽早结婚，再生一个孩子。至于阿宝，他表示，无论如何，他都会像父亲那样待他。他的语调是缓和的，极其温柔的，她听了，却仿佛又回到了过去。她思索了会儿，没有回答。

## 九

林国光第一次见到阿宝是在认识云惠三个月后。林国光一手提着水果、化妆品，一手拿着一辆大型遥控汽车，跟在云惠后头。他们到的时候，罗琳正围着条围裙，准备在厨房里大干一场。林国光见了，叫道，阿姨，也不知该给您买什么，随便买了点。罗琳笑开了，哎呀，你来就来，吃顿便饭而已，带什么东西啊。罗琳说着，把东西搁在了冰箱旁，又招呼林国光坐下。云惠到厨房里帮忙去了，这时候，林国光看到了房间门口多出个小男孩，男孩的鼻梁很高，一双不大的眼睛无所顾忌地盯着他。林国光挥了挥手，问，你是阿宝吧？男孩没有应声。叔叔给你买了一辆遥控汽车，你要不要玩一下？男孩还是没有应声。

林国光正不知如何是好，云惠从厨房里出来了。阿宝，你什么时候起来了？云惠说着抱起了男孩，这是林叔叔，叫林叔叔好。阿宝的眼睛又盯过来了，这回他盯的时间不长，只一会便撤离了。阿宝，快叫林叔叔啊。你看，叔叔还给你买了遥控汽车呢。云惠指了指那辆遥控汽车，车是林国光特意去解百买的，够大，够炫，营业员说男孩子看了保准喜欢。阿宝把头歪了过来，他看了看那辆遥控汽车，然后，一声不吭地趴在了云惠的肩上。阿宝，你怎么啦？云惠轻拍阿宝，对林国光说，真不好意思，他有点认生。小孩子嘛，林国光说着，朝阿宝笑了笑。阿宝的情况，林国光多少是知道的，他爸爸嫖娼被抓，后来又玩起了失踪，这样的孩子，也够可怜的了。林国光把遥控汽车拿过来了，阿宝，叔叔陪你一起玩好吗？阿宝没有把头抬起来，过了一会儿，从他嘴里吐出三个字来，我不要。

阿宝！云惠的脸有些挂不住了，她刚想说阿宝，罗琳出来了。真不好意思。今天家里也没什么吃的，都是些家常菜。罗琳说着把爆炒鳝丝、东坡肉、八宝菜、香干炒肉片、山药排骨汤等各式菜端上了桌。他们开始吃饭，期间，罗琳不停地给林国光夹菜，问他些问题，他们就这样一来一往地说着，吃好饭已经是八点了。林国光表示，时间也不早了，要先走。罗琳碗也不洗了，再坐会儿嘛。真的不了，阿姨。罗琳去叫云惠，惠惠，你去送送国光，阿宝我会哄睡的。云惠看了阿宝一眼，她倒不担心阿宝的睡觉问题。事实上，自从那晚以后，云惠就再也没有同阿宝睡过。她担心的是“我不要”那三个字。阿宝还那么小，她想，在林国光来之前，她从没想过他会有那样的反应。罗琳跟着走出来了，国光，路上小心，下次再来玩。云惠看林国光朝罗琳挥手，跟着他走下楼梯，直到他们穿过一条马路，她还在想那三个字，那三个字若紧箍咒一般把她箍紧了。

云惠原本打算让林国光和阿宝多联系，以增进感情。她的计划还没来得及实行，家里就出现了变故。蒋大峰死了。蒋大峰什么时候死的，没有人知晓，要不是房东上门问他讨拖欠的房租，又闻到了从房间里散发出的令人作呕的腐烂味，恐怕他的尸体还要在里面多待上几天。云惠知道消息的时候正在办公室里改作业，有那么一刻，她以为自己在做梦。蒋大峰死了，那个当年抛弃她和她母亲的男人死了。自从那次见面后，她就再也没找过他，他好像被她遗忘在了某个角落，可他毕竟是活着的，可如今，这个她能看到的、触摸的具象死了。云惠只觉得脑袋有些恍惚，她在办公桌旁呆坐了一会儿，才想起应该给罗琳打个电话。

罗琳是在电话响了好几声以后才接的。她听到云惠在电话里含糊不清的声音。惠惠，你怎么啦？妈……云惠哭了起来。惠惠，你倒是说话啊，你不要吓妈。妈……我爸他……没了。云惠也不管罗琳是否介意她叫蒋大峰爸，她想人都死了，还有什么放不下的。她认为罗琳应该像她一样难过，哭泣，乃至原谅他，但罗琳没有，她只说了句，哦，我知道了，就把电话挂掉了。

云惠很难理解罗琳究竟是有多恨蒋大峰，她想，罗琳是不去了，可她还得去。死亡仿佛将她和蒋大峰之间的裂痕缝合了，他不再是那个抛妻弃子的负心汉，他是她爸爸，陪她采映山红、摸螺蛳的爸爸。她一想到他一个人冷冷清清、凄凄惨惨地死在出租房内，而现在吊唁他的只她一人，她心里就有说不出的难过。云惠的眼泪刷刷刷地下来了，她突然无比渴望能有个肩膀让她靠一下。

## 十

林国光是在一个小时以后赶到翠苑新村的。他们一齐沿着小路走过去，快到那间出租房时，云惠忽地停了下来。林国光握了握她的手，她这才继续朝前走。房东早就在屋外等着了，她穿一套黑绿色的连衣裙，连衣裙很宽松，但这也没能遮盖住她过于肥胖的身体。她一见云惠就问，你是蒋大峰的女儿吧？听云惠说是，她立马嘟囔了起来。你爸已经欠了我三个月房租了，我老催，老催，他也不还。要不是我心软，他老早就被我赶出去了。谁晓得，我这一心软却多出那么多事情。你看看，我这房子死了人，今后谁还敢租啊……

云惠听着房东的碎碎念，心里只觉得烦，她爸死了，而房东却在这儿跟她一个劲地抱怨这场死所带来的损失。还是林国光开的口，林国光问，总共欠了你多少钱？等房东报完数，他把原先握着云惠的手松开了，从包里掏出钱来。这是欠你的，现在我们两清了。房东接过钱，数了数，露出一副不屑的神色来。就这么点？我们一家人吃的、喝的全仰着这间房子呢。你说，出了这事，我今后还怎么做生意？我能给的就这么多了，林国光说，你要是嫌少，大可以去法院告我们。但据我所知，人都是要生老病死的，在法律上并不影响你房子的市场价值。房东的脸拉下来了。还有，林国光耸了耸鼻子，用力地，或者说是装作用力地吸了一口气，说，你也不希望这个气味一直弥漫下去吧，一切还是等死者入土为安以后再说吧。这句话明显起到了效果，房东迟疑了会儿，把手伸进裤袋里去摸钥匙。晦气啊晦气，你们尽快处理掉，我们再谈。房东说。

门一经打开，里面的气味便无限放大起来，云惠闻着这世上隶属于她父亲的最后的气味，胃翻腾得要命。她好容易才忍住，没吐出来。视野范围内，是一间十来个平方的房子，进门处搭着个简易煤气灶，煤气灶过去是一张老式的方桌，方桌上放有一台收音机同一只大搪瓷杯。那只搪瓷杯云惠眼熟，她记得蒋大峰没离家前，家里也有差不多样子的一只。几天后，它被罗琳扔掉了，蒋大峰留在家里的东西莫不是这样的下场。方桌对面是一张木床，父亲蒋大峰就在那张木床上，木床很小，只一人宽。整个房间的情况就是这样。云惠定睛去看蒋大峰，蒋大峰像是被抽光了、压短了似的，僵硬而可笑地缩在那里。她盯着他，努力想要从他身上找出过去的影子，那天陪她采映山红的样子，在车站劝她好好过日子的样子。她在脑袋里搜寻了一圈，发现他哪个也不是。也就是那一刻，她没能忍住，跑到房间外吐了起来。等她吐完，发现林国光也出来了，他手里拿着张纸巾，递给她，说，联系下龙驹坞吧。

龙驹坞其实就是指杭州殡仪馆。这块地因为建有本城唯一的殡仪馆，久而久之就成了杭州殡仪馆的别名。他们从正门口进去，看到焚尸炉那根硕大的烟囱正对着天空不断喷出黑色的浓烟。云惠对这儿算不得熟悉，也称不上陌生，前年，她的一个同事去世，她跟着其他老师一起来到这里。那个同事才四十来岁，死于肺癌。追悼会上，校长颇具深情地说他是个德才兼备的好老师，经常熬夜加班，所带班级的教学质量更是连续几年名列前茅。真相是不是如此已经不重要了，死亡总是给死者蒙上一层洁白、神圣的面纱。好多女老师都哭了起来，云惠也在其中，她们都被这个年轻的、离她们如此之近的生命的消逝强烈地刺激到了。她们哭了许久，直到遗体告别，她们听到一声凄厉的、差不多是惨叫的哭声。那是他妻子，她看上去有些黑瘦，一只手紧紧怀抱着他们的女儿。

不论怎样，那次追悼会是哀怨的，叫人不忍回想的。但此刻，云惠回想起那天的点滴，竟意外地觉出了一股热腾腾的味道。难道不是吗？热腾腾的追悼词，热腾腾的告别仪式，就连那些哭声也是集体性的、热腾腾的，不若现在，就只有她同林国光俩人。工作人员告诉她，火化时间需要依据追悼会的具体时间来定。蒋大峰没有亲戚、朋友，自从出了那件事以后，他离了家，辞了工作，把过去的一切丢了个精光。他搬出去不久，那个同他爱得死去活来的女人也抛弃了他，他成了一个真正意义上的孤家寡人。

既然如此，他也就不需要搞什么追悼会了。云惠看蒋大峰的尸体被推进了焚尸炉，烧完，敲干净了，装进了骨灰盒里。出来时，太阳明晃晃地刺眼，云惠手捧着那个骨灰盒，她的头顶上是把黑色的大伞。伞是林国光现买的，举着。有一种说法是人死后不能见光，否则难登极乐世界。可不知道为什么，云惠却觉得那天的太阳若利剑一般穿透了那把伞。那只骨灰盒便在阳光的蒸融下轻了，轻得就好像蒋大峰的人生。

## 十一

罗琳老了。过去，她的记忆力好得惊人，就是家里掉了一毛钱她也拎得清。可现在，她像是变了一个人。她总是忘事，忘带钥匙啦，钱啦，有一回，她甚至把阿宝也给忘了。那是蒋大峰死后不久，云惠刚要下班回家，就接到幼儿园老师打来的电话，说阿宝没人接。怎么会呢？云惠打电话给罗琳，对方显示是关机。等云惠赶去幼儿园接到阿宝，再回家，发现屋子里黑漆漆的。她以为罗琳出去了，打开灯，才发现并不是。罗琳独个儿坐在床上，她的眼睛直愣愣的，也不知在看什么。云惠慌了，她一连叫了好几声妈，才把罗琳拉回来。

除此之外，罗琳对其他事情也变得漠然起来，她好像对什么都提不起兴趣。知道云惠和林国光黄了后，云惠以为罗琳会说点什么的，她连说辞都想好了——事情的真相她当然不会告诉她——她要说的是他们如何如何不合适，但罗琳只是说了声哦，便不再有动静。

关于那个真相，云惠倒是希望遗忘的，可时间越久，那些记忆反而若许多虫子从她深处爬出来，到处乱钻。她还记得那天下午，她捧着蒋大峰的骨灰盒，站在太阳底下。太阳很毒。他们原先计划把骨灰盒寄存好，第二天再去墓地，可她突然改了主意。我想给我爸守夜，守一个晚上就好。林国光愣住了。按常识，守夜是人死后的头三天进行的。蒋大峰死在了出租房里，周身又已开始腐败，自然没法像正常人家那样进行。林国光提醒她道，伯父已经火化了。我知道，云惠说，可我就是想为他做点什么。林国光不再说什么了，他跟着她出了殡仪馆，到达了云惠原先的家。

老家已经很久都没住人了。自沈兆南出事后，罗琳搬进了云惠同沈兆南的房子里，这间房便闲置了下来。云惠把门打开，将骨灰盒放在了客厅的餐桌上，点上香烛，跪下。爸，我们回家了。某种被浸泡已久的回忆同现有的时空交织在一起，她想起多年前，蒋大峰离家的那会儿，他虽是落寞也自有一股风流。那时候的他一定不会想到自己会以这种方式回到这里吧，又或者他根本不愿意回这个家，可她又能把他带去哪呢？那天晚上，云惠就这样对着蒋大峰的骨灰盒坐了一夜，林国光则一直在边上陪她。在这样的情形下，云惠很容易就被感动了。她想，她从前经历过爱情，也经历过无爱的婚姻，但像这样的陪伴还是头一次。她还想，等阿宝再大点，就同他生个孩子，一辈子相濡以沫下去，这一切，她当然没有立马告诉他。第二天早晨，他们重新去了龙驹坞，把骨灰盒寄放好。接着，又跑去南山公墓，忙活了半天，总算定下一块墓地。

一切都已安置妥当，云惠说要去幼儿园接阿宝，自阿宝出生以来，她还从未离开他那么久。他们一起到达幼儿园时，接送的大部队已经撤得差不多了。她在一架滑滑梯前找到了他，他正爬到最上头，准备从上面滑下来。阿宝，云惠叫他。阿宝回过头，他的嘴似乎动了一下，倏地，又闭合了。阿宝，快下来，我们回家了。阿宝仿佛没听见似的，他只是扶着边上的扶梯，两只脚踮在那里。阿宝，快下来啊。云惠又叫了声，阿宝把脚放下来了，转过脸来看她。你让我吃奶奶(第一声)，我就下来。阿宝的口齿算不得清楚，她却被那两个字吓到了。

阿宝，你乱说什么，快下来。她朝他吼了起来，她的脑子飞速地运转着，那玩意儿，自打被罗琳撞破后，她便再没有(也没有机会)让他碰过。只一次，那是他半夜里发高烧，他耷着脑袋，若一只小狗似的偎在她怀里。罗琳在客厅里倒药，她抱着他，发现他嘴里哼哼唧唧，拼命朝那个地方拱。她看他可怜(事后，她也后悔了一阵，觉得自己是鬼迷心窍)，没忍住，给他吸了几口。她没想到他还记得。

阿宝很熟练地从滑梯上下来了，他正对着她，两只眼睛撑得老圆，奶奶，我说了我要吃奶奶。一股无名火从她底下蹿了上来，我叫你说，我叫你乱说。她举起手，顺手就给了阿宝一个巴掌。啪——她的手心经过阿宝的脸，留下了响亮的一记。阿宝当即哭了，她听着他扎耳的哭声想，自己怎么就打了他？林国光还在，她看到他的笑容一点一点淡下去了。

## 十二

阿宝上四年级的时候，罗琳搬去了敬老院。对于这事，云惠是一百个不同意。云惠对罗琳说，妈，你在这儿住得好好的，去敬老院干吗？再说，你要是真去了那里，左邻右舍会怎么想我？罗琳说，这是我自己决定的，和你有什么关系？敬老院有吃、有喝，还有人做伴，我本来老早就想走了，要不是阿宝小，没人接送……现在好了，阿宝也大了，我是该走了。云惠再劝，罗琳也不听，过了几天，她索性自己整理好行李，搬出去了。

现在，云惠和阿宝站在杭州福利院的门口。自打罗琳搬去这家敬老院后，他们每个周六便会去看望下她。阿宝已经上高三了，就在云惠所在的高中上学。他个头很高，面孔很明显遗传了她的，立体而丰满。他们经过一楼大厅的时候，一个四十来岁的护士笑着问她，这是你儿子吧，长得可真帅呀。云惠也笑了。云惠是真骄傲，这不仅因为阿宝长得帅，成绩好，而且他还是学生会成员。这样一个近乎完美的男人是她儿子，她怀胎十月、辛辛苦苦生下的，她能想象她的血液流经过他的每一寸肌肤，肢体，乃至他的心脏。她能不骄傲吗?

阿宝却并没有像他母亲这般激动。他好像对什么都是冷冷的，这种冷并不是那种针芒式的，反而带着一丝温度。他会同你点头、握手，但不久，你便会发现，那完全只是出于礼节。他同任何人都刻意保持着距离，当然也包括他妈。他从学校回家后的第一件事便是锁上房门，仿佛他在里面说的、做的都是不可告人的。这算得上是云惠的心病了，不过，眼下，她没工夫去管这些。他们一前一后走进罗琳的房间，罗琳正在阳台上晒太阳，看到阿宝，她忙唤道，阿宝，快到外婆这里来。阿宝走过去，一屁股坐在了床上。最近读书紧张吗？嗯，阿宝说着，点了下头。哎，现在的孩子真可怜啊。罗琳把手搭在了阿宝的背上，不过，你现在正是长身体的时候，读书以外，也要注意多吃，多休息，知道了吗?

云惠在阿宝身边坐下，妈，你还说阿宝，你自己怎么样？还不是老样子，罗琳说，到时就头疼。头疼是罗琳的老毛病了，但过去，疼得并不厉害，蒋大峰死后，罗琳这毛病像疯长了似的，就是吃散利痛也止不住。我看还得看医生，云惠说，我最近听说胡庆余堂的黄医生治这个还蛮有一套的。罗琳摆手道，还没看够啊，看来看去还不是这点名堂，我反正是不看了。罗琳的话确是实情，刚开始，云惠带着罗琳把浙一、邵逸夫医院都跑遍了，也没看出个所以然来。不说我了，你呢，工作忙不忙？罗琳转而问云惠。怎么不忙，上课，改作业，上交各种材料，你知道的。哎，罗琳叹了口气，忙归忙，也要注意身体。她们就这样你一句，我一句地扯着，这些话，她们几乎每回见面都说，然而下次见面，还是会再说一遍。她们谈身体，谈工作，什么都谈，但就是彼此不碰对方的禁区。这是种默契，她们从不点破，却了然于心的。

阿宝一直坐在床上玩手机，他玩了会，停下了。我有点事想出去一下。阿宝——云惠本来想说，来看外婆一次不容易（自阿宝念高三以来，她便特意减少了让他来敬老院的次数，两个月才来一次，其余时间都是她一个人来），不能多待会儿再走吗？但说出口的却是，路上小心点，晚上早点回家吃饭。阿宝把手机塞进了口袋，晚饭我不回来吃了。可妈妈已经买好菜了——她原本还想说这些菜都是阿宝爱吃的，茄汁虾啦，剁椒鸦片鱼头啦，西芹炒肉丝啦——但眼下显然没有必要了，阿宝跑出去了。她听着他越来越小的脚步声想，一切都不一样了，尽管这些年她极力回避这点，但这是事实，她否认不了。

是的，一切都不一样了，自从她打了他以后。从表面上看，他还是孩子，但只要你仔细观察，便会觉察出他脸上有种异常老成的表情，这种表情同他稚嫩的脸重叠在一起，给人以一种很不搭调的感觉。他也不再像过去那样缠着她，同她亲昵。她很难理解，那件事对他会有那么大的影响，但除此之外，她找不到更加合理的理由。不管怎样，阿宝不是从前的阿宝了。她试着讨好他，给他买汽车、飞机各种玩具，带他吃各种好吃的，竭尽所能地满足他，而他却给出一副冰冷的、凌驾于她之上的姿态，仿佛她说的、做的都是她分内的。她心里便像掺了一粒小石子，硌棱棱的了。

## 十三

阿宝现在的日子变得很忙很忙。平日里，他参加学校的晚自习，要到晚上九点半才回家。而到了周末，他更是没了踪影。云惠问阿宝，周末干什么去了，阿宝撇撇嘴，复习呗。家里复习多好，云惠说，她是怕阿宝在外面吃不好，休息不好。阿宝却把房门关上了，你不懂，家里哪有外头安静。

客厅里很静，云惠在原地杵了许久，从墙上那只钟里传出的声音像某种符号般一声不落地钻进了她的耳朵，钻得她有些生疼。她不明白，她是真不明白。为了让他在这一阶段好好冲刺，她尽量不去烦他，打扰他。五月里，暑气虽还未至，但气温升得也够快了，她把厨房门关紧了，一个人在里头弄得满头大汗，她是怕她炒菜的声音吵着他，她连走路都跟猫似的了，怎么就不安静了？

房门紧锁。云惠对着那扇冷冰冰的门，只觉得无数句话想要从喉咙口冒出来。她想敲开他的门，好好问问他，她到底哪里不好了，那件事都过去那么久了，他何至于记得那么深？但她的手终究还是没能提起来，这么多年下来了，她连敲他门的勇气都没了。她希冀他能打开门，让她进去说句话。不，就是什么都不说，坐会儿也好。他呢，偏偏不肯遂了她的愿，他总是探出半个头来，接过她给他的点心或是水果，又把门关上了。这就是她同她宝贝儿子的生活，无声又叫人窒息。

要不是阿宝的班主任梁老师偶然跟她提起，她恐怕还不知道实情呢。云惠是在学校食堂里碰到的梁老师，过去，她也曾碰到过她好多次，但她从不过问阿宝的情况。他的事情她都是从别人那里听来的，什么阿宝考了年级前四十啦，竞选学生会干部成功啦，她听着那些消息，心里激动得要命。可即便如此，她也不能涉足半分。

说起这事，还得回到三年前。那会儿，阿宝的中考分数超过重点高中线好多分，随便报哪个高中都不成问题。阿宝拿着张志愿单，对云惠说，我想过了，高中就念你那所学校。阿宝的反应完全出乎云惠的意料，她只觉得阿宝终于懂事了，她没白疼他这么多年。可他接下来的话却无疑给她泼了一大盆凉水，阿宝说他报这所学校完全是因为它的升学率高，文化底蕴好。还有，他耸了下肩膀，说，在学校里，我们最好装作不认识，我不想别人因为你而认为我受到了某些特殊的照顾。阿宝的话字字在理，她找不出任何反驳的理由。

云惠便和阿宝若路人了。他们从不一起上下学，本来云惠的电动车后面可以载上阿宝，但阿宝说，他喜欢骑自行车。他总是比云惠早一刻钟出门，云惠看着他骑车飞奔而去的背影，连说“慢点骑”这三个字都是紧紧巴巴的。他们从不打招呼，难得在学校里的林荫道上碰到一次，也跟没看见似的。他们是这样刻意地保持关系，同事们更当着她的面夸赞阿宝的独立自主、她的教育有方。所以，当梁老师询问起阿宝在家的复习情况时，她简直不敢相信自己的耳朵，什么？不是你的意思吗？梁老师也吓了一跳，阿宝说他最近睡眠不好，改为在家自习。哦，是这件事啊，是我的意思。云惠撒了个谎，心里却像是被蚂蚁啃噬出无数个小孔来。她是怎么都没想到，她的宝贝儿子，优秀模范生阿宝居然会骗她同他的老师。他有多久没上晚自习了？这段时间，又去了哪里？云惠越想越后怕，她连饭也吃不下了，勉强扒了几口便往阿宝教室跑。

阿宝坐在教室里，他塞着个耳机，脑袋微低着，并没有看到她。蒋译宝，她叫了一声。蒋译宝是阿宝的大名。阿宝没有听见，倒是他边上的同学，推了他一下。有人找你。阿宝转过来了，他的眼神起先还带着点迷茫，见是她，即刻变得锋利了。他把耳机摘下，塞在裤兜里，单手撑了下课桌，跳过，再绕到教室后门。你来干什么？他问她。我……她还没说下去，便被他打断了，不是说好了，装作不认识的吗？我有事问你。他把耳机重新塞上了，有什么事不能回家说。他的语调里满是厌烦，她便一句话都说不出来了。等他走后，她像是自讨没趣般站在教室门口。等晚上回家再问个清楚吧，她想。

## 十四

那天晚上，阿宝很晚都没回家。云惠坐在沙发上边改试卷边等阿宝，等两沓试卷都改完了，阿宝仍没有回来。手中的电话不知打了几通了，她能听到电话那边稳定的嘟嘟声，可始终都没有人接。她有些烦躁，她把试卷搁进电脑包里，起身朝阳台走去。阳台不大，才三个多平方，从阳台上俯身往下望，能看到每隔一段距离就种植着的桂花树同矮冬青。热烘烘的晚风吹过来，吹得她愈加焦灼。她在阳台上站了会儿，才发现阳台底下站着个女人。

女人穿条很清凉的裙子，白的，上下几乎一样细的腿全露在了外面，灯光照着她染黄了的头发和化得过于浓艳的脸，使人辨不出她的真实年龄。她似乎是在同人说话，但云惠听不清楚她在说什么。过了一会儿，云惠看到她挥了挥手，朝外头走去。也就在同时，阿宝走出来了（先前，他被桂花树挡住了，云惠根本没看到他），他推着辆自行车，没走几步，又掉转头去追那个女的。他们在不远处又说了会儿话，彼此亲吻了下脸，这才再次分别。

云惠只觉得浑身的血液都要凝固了，她早前给阿宝收拾床单的时候，就晓得他是个大人了。她也晓得学校里不少女孩都喜欢他，可阿宝呢，对什么都是冷冷的，她也就没当回事。她没料到他会在这个节骨眼上出岔子，还是同这样一个女人。阿宝已经把自行车停好了，他快速地钻进了楼梯里，没过多久，她听到他爬楼梯的声音，钥匙开动门锁的声音。云惠把自己靠在栏杆上，看阿宝进来。今天怎么这么晚？她尽量不露声色地问他。嗯。他连看都没看她一眼，便跟平常一样钻进自己房里去了。

阳台上很暗，她在阳台上站了一会儿，决定去问个清楚。门开了，他露出半个脑袋问她，有事吗？有事吗？她听着这三个字，只觉得讽刺。他到现在还打算瞒她。今天，我在食堂碰到你们梁老师了。她咽了口口水，说，她告诉我，你不在学校晚自习了。哦，他的脸上闪过一丝异样，只一下，又恢复了。他的沉稳令她有些发怵。你放心，梁老师还不知道你的事，她试图和他拉近距离，妈妈只是想知道，这段时间你都去了哪里。然而，他并没有感激她的意思，他把头一扭，道，你用不着知道的。

用不着知道的？他的话撕破了她最后一点幻想，她——生他养他的母亲，他的法定监护人，竟然用不着知道。难道她对他还不够好吗？她是那么依着他，像一个乞讨者般乞求着他，她已经让步至此，可换来的竟是这样的下场。你知不知道现在是什么时候？这么多年来，她还是头一次凶他。是的，这么多年下来了，她什么都能忍，但眼下这事不行。高考就像一条大水沟摆放在他面前，他必须跳过去，还要跳得漂亮。我知道，他却好像并不在乎。你知道……那你还不好好复习？还只顾着谈恋爱？后面那句话几乎是从她嘴巴里滚出来的。

我没有！他的眼睛直视着她，要不是她亲眼所见，她几乎就要相信他了。都这时候了，他还想骗她，她只觉得心口被绞了，一层又一层。那个女人，刚刚，我都看见了。这下，他不争辩了，许久，才说出一句话来，我们不是你想的那样。不是我想的那样？是，你信也好，不信也好，反正不是。到如今，他的口气还那么强硬，就好像做错事的是她，而不是他。你到底知不知道你在干什么？她想要点醒他，让他知道她所做的一切都是为他好，他却没了再和她说下去的欲望，我要睡了，他转动起了门把手，还有——别逼我。她愣了下，也就是这一下，他迅速关上了门，把她撇在了门外。

现在，客厅里又只剩下她一个人了。她看着那扇依旧冰冷的门琢磨刚才那三个字的含义。别逼我——她想起有一年，他们学校有个快毕业的学生，爬至了教学楼顶层往下跳。当时她才参加工作不久，她站在围观的人群中，看到水泥地上躺着个人。他的姿势她记不清了，她只记得地上流了大摊的血，救护车上的红灯晃得她的眼睛难受。等他们把人抬走并处理掉了那些血渍，她仍能闻到空气中裹杂着的那股子血腥味。后来，不知谁在他的书包里找到了一封遗书，大意是，活着就是成堆的作业、试卷同猩红的分数，他实在找不出让他继续活下去的理由。他们为他惋惜，痛哭，她却在想，他其实都快熬出头了，为什么不能再坚持一下呢？也许，他像个过于膨胀的球，连万分之一的压力都承受不起。因此，他爆炸了，像许多块碎片那样撕裂开来，而她的儿子，她眼前出现了他说那三个字时发狠的眼神，他会选择什么？是逃学，离家出走，还是自——杀？她不敢再想下去了。

## 十五

阿宝没考上大学。按照平时的模拟考，阿宝上浙大、复旦都没有问题，就算再不济，二本院校总能读的，可阿宝却连大专的分数线都没有上。准确地说，阿宝根本就没参加高考。那个早晨，阿宝躺在床上，任由阳光从房间的一角挪到另一角，他也没有起来的意思。云惠坐在客厅里，听时钟滴答滴答走过的声音。她想把阿宝拖起来，敲醒他，今天是高考！高考你晓得吗？然而，另一个念头很快就击碎了她，她又有什么资格去说他？

是的，她又有什么资格？她还记得，那是高考前的一个礼拜，天气意外地有些发凉，她像过去一样站在阳台上等阿宝。自从同他摊牌后，他便越加肆无忌惮了。他白天上学，晚上则背着把吉他回家。天晓得那把吉他是哪儿来的，她猜十有八九同那个女人有关。然而，女人却不见了，她再也没出现在她家的阳台底下。好多个夜晚，云惠站在阳台上往下看，希望能看见她，这样她便能知道些他的情况，可是，他连这点机会都不给她。她消失了，切断了她得以了解他的一切源头，她便只能胡思乱想了。她猜想，那个女人用了特殊的手段勾引了她儿子，她还想，等儿子再大一点，就会晓得这种女人不过是风月场上的常客，根本不值得他喜欢。她还想了很多，当然所有的结局无一不是朝着美好奔去的。她的心脏已然接受不了任何形式的打击，她只求儿子能早日进入一所理想的大学就读，再出来找一份好工作，稳稳当当地过日子。可事情偏朝着她最不愿意的方向走去了。

那天晚上，阿宝没有回来。打过去的电话起先还通着，不久便成了关机。她在阳台上站到凌晨两点，风吹得她有些冷，她去柜子里翻出件披肩，披上，又在阳台上站了会儿，实在吃不消了，才折回屋里坐了下来。她想报警，可又怕儿子回来，怪她把事情化大了，且她知道要失踪二十四小时才能正式登记在册。这样一来，她便拿不定主意了。她在沙发上坐了片刻，心里像是吊了无数只水桶，索性又站起来，到阳台上张望。

阿宝回来的时候，天空已经开始微微发白了。晨练的、买菜的大妈大伯陆续从她眼皮子底下走过，这时，她看到了他，他背着那把吉他，看上去似乎有些不太对劲。到底是哪里不对劲呢？她一时想不出来，而眼下又容不得她去想这些。阿宝，你总算回来了。她冲他挥了下手。阿宝没有应声，他钻进了楼梯口，等再次出现时，他已经把门打开，在脱鞋子了。阿宝，她刚想问他怎么这么晚回家，转念又放弃了。半分钟后，她听到他进了房间，把门关上了。

不管怎样，儿子回来了。此时，她紧绷的神经完全松弛下来。她看了看表，现在是早晨四点四十五分，她还可以稍微眯一会儿，再给儿子做早餐，准备上班。阿宝却并没有起来的意思，等她临上班前去叫他，他翻了个身，说，我不去了。不去了？她先是诧异，很快也就退让了。儿子毕竟一晚上没睡，如果休息不好，生起病来可怎么办？她跟梁老师请了假，自己也没去上班，她担心阿宝一人在家，出什么差错。

阿宝呢，整整一天都在床上睡着。开始，她以为阿宝只是累了，中午给他送饭的时候，才发现他的脸红得厉害。你发烧了！她一下子慌乱了起来，她要带他去看医生，尽快让他退烧。阿宝呢，却一副死活都不肯的样子。我不去。他把毛巾毯往头上一拉，整个儿窝进了毯子里。不仅如此，他也不肯吃药、喝水、吃饭，他简直就是在拿自己的身体开玩笑。阿宝，离高考只剩没几天了，你现在好好吃药养病，等考完了，你想在房间里睡多久就睡多久。阿宝没有回答。阿宝，你不是想要去尼泊尔吗？等考完了，妈妈带你去好不好？阿宝想去尼泊尔的事情还是她从梁老师那里听来的，那是一次语文模拟考，作文的题目是《去旅行》。她不知道阿宝是真想去尼泊尔，还是纯粹为了应付那次考试。总之，她把能想到的都跟阿宝说了，阿宝也没半点反应。等她烧好晚饭再去看他，发现他不知什么时候起来过了，那把吉他被扔在了床旁边，上面的几根弦断了，软趴趴地耷在那里。这下，她明白过来了，他是真的在拿自己的身体开玩笑。

云惠在阿宝的床边坐下了。阿宝。她的声音是轻的，含混的。她是真心痛，替阿宝，也为那段不靠谱的爱恋。那个细胳膊细腿、不要脸的女人，居然勾引了她的宝贝儿子，还残忍地伤害了他！那种下三烂的女人！她心痛得连呼吸都变困难了。阿宝就在她前面，他背对着她，像只受伤的小动物似的蜷缩在那里。她轻手轻脚地爬上了床，俯下身子，她柔软的地方抵住了他，她能感觉到从他鼻子、嘴巴里呵出的滚烫的气息。这样就好了，她想，这样他就不会那么痛苦了。阿宝却“啊”的一声尖叫了起来，你——阿宝的语调是惊讶的，恼火的，甚至是羞耻的，房间里的灯还亮着，而那一秒，她却觉得整个世界都暗了。

## 十六

云惠老了。倘若你头一次见她，那么首先映入你眼帘的便是那张苍老的、严重缺乏光泽的脸。这种缺乏在她的眼部尤其明显，你能看见她多且深的皱纹，一道道，层层叠叠，你很难把它同当年的那张脸联系在一起。她也不大讲究。她总是穿件宽大的褂子，下边套条同样宽松的长裤，脚上则是双不太起眼的布鞋。通常到了她这个年纪的女人，就越是想把自己打扮得年轻一点，可她偏偏反其道而行之。不仅如此，就连那些衣服的颜色都是固定的，清一色的黑、灰，加上她那张总是板着的脸，她便被学生起了个绰号，叫“道姑”。

她的日子也的确若道姑了。自那晚以后，她把自己置于了前所未有的困境之中，她无时无刻不在拷问自己，怎么就昏了头，做出那种举动。那种举动，她想起当初林国光淡下去的笑容，还有罗琳嘴里所说的那个词——变态。那么，她果真是变态吗？是，是她把自己的胸贴了上去，她也真想他能紧贴她，甚至吮吸她，然而，她的初衷只是想让他不那么难过啊。可是，她的宝贝儿子会相信她吗？还是说，她根本就是个变态的女人！每质问自己一次，她就对自己越加没底，而罪孽也就随之加深了一层。阿宝呢，经历了那桩事后，更是刻意回避她。半个月后，阿宝总算恢复过来了。他从床上爬起来，对她说，我要去参加工作。什么？你不念书了？妈妈都帮你联系好了，求是、建人，这些学校的高复班都不错的。我不会去读的，他却一口回绝了她。她这才明白他完全可以不告诉她的，他告诉她不过是向她宣告他的主权，他偏不走她要他走的路。

阿宝的话很快就兑现了。他在曙光路上的一家酒吧当歌手，过上了昼伏夜出的日子。那家酒吧，云惠去过一次。她在拥挤的人群中看他上台，颇有架势地唱了一首又一首。每唱到高潮处，便有人在下面鼓掌，她突然发觉他很陌生，她从来没在家听他唱过歌，当然也不知道他唱得那么好听。临散场前，她独个儿、小心翼翼地退了出来，再骑电瓶车回家。她怕他看到她不高兴。

与此同时，他的女人也多了起来。他总是不停地换女人，好了，又分，再好，再换。时间一长，她甚至分不清她们之间的区别。唯一可以确定的是，她们都化着浓妆，头发染成黄的、红的，或是紫的，大冷天里，她们外头只罩一件大衣，进屋一脱，里头就露出超短裙或者热裤来。他们在他房间里欢快地谈天、抽烟、喝酒，当然也做爱，整间屋子便充满了烟、酒以及精液的味道。

云惠花了很长时间才适应阿宝的这种生活方式。后来，她习惯了。她习惯立在房门口听他们的谈笑声、酒瓶的碰撞声、女人的叫床声。她能想象出阿宝的嘴压在她们身上，一次又一次地吮吸她们的奶子。等他们走后，她像个小偷似的进到他的房间，把自己整个儿裹进了他的被窝里。被窝里还留有他的气味，她拼命嗅着，这气味已经不似过去那么单纯了，混合着这个或那个女人的气息。这些女人，她只要一想起她们涂满了粉底的脸就觉得恶心，她们居然如此轻易地占领了她宝贝儿子的身体。然而，他毕竟是她的，谁也夺不走。她这么想着，把被子攥紧了。

## 十七

阿宝在酒吧驻唱的第三年，从外头带回了一个女人。女人算不得漂亮，却很干净。她小麦色的脸上没有抹一点粉，黑黑的头发一直留到了腰间。她穿一条纯白的连衣裙，脖子上戴一根同样纯色的项链。她见了云惠甜甜地笑了下，说，阿姨好。阿宝也跟着叫了，阿宝叫的是妈，这是顾夏。这还是阿宝工作以来头一次称呼她为“妈”并跟她介绍女朋友，他之前的那些女人，她甚至连她们的名字都不晓得。云惠看他们有说有笑地进了房间，其间，顾夏不知什么原因笑了起来，她笑得很爽朗，咯咯咯的声音跑满了整个屋子。她应该开心的，可不知道为什么，她竟开心不起来，仿佛她好不容易养大的儿子转手就送给了别的女人。这么一来，她到底有些空落落了。

阿宝却变得懂事了不少。他不大抽烟、喝酒了，偶尔进了门，还会同她点个头，说上几句话。和顾夏处了三个月左右，有天，阿宝同云惠说，他想和顾夏结婚。事情来得太过突然，云惠不免吃了一惊。你们才处这么点时间，会不会太急了？缘分这种事不在于时间长短，阿宝说，跟夏夏认识之前，我从来没想过我会要结婚。不过现在，不一样了。你说的是没错，她的脑子里胡乱地想着，他要结婚了。当然，这种事总要发生的，早一点、晚一点的问题。只是，她现在连一点准备都没有。阿宝，她试着说服他，结婚要考虑到婚宴、彩礼，还有她父母……不是说结就能结的。嗯，他竟出奇地没有反对她，我也知道这不是儿戏。我们商量好了，婚宴之类的现在准备起来还来得及。至于彩礼，他们那边倒并不是很在意。他们那边？嗯，我见过夏夏父母了，我原本以为他们会不喜欢我，毕竟夏夏是大学生，又不像我在酒吧里混。没想到，他们非但没有讨厌我，还希望我能辞了酒吧的工作，专心帮他们打理生意。那你呢……你怎么想？我想对夏夏负责，也对我们两个人的感情负责。看得出他是认真的，她难道不该替他高兴吗？她把手握紧了，说，找个时间同她父母谈谈吧。

见面的时间定在礼拜六。那天下午，云惠没有去敬老院看罗琳。她在家里头摆弄好了一切，等顾夏他们过来。阿宝现在已经不在酒吧上班了，他刚辞了职，打算先熟悉熟悉顾夏家的生意。阿宝去接人了，大概还有几分钟就到。她看了看被擦亮了的地板、收拾干净的房间，还有满桌子切好的水果同糕点，生怕还有疏漏。她又全部检查了一遍，总算放心了。余下的一点时间，她则去洗手间里照了下镜子。镜子呈椭圆形，镜子里的她穿一件改良式样的旗袍（这件旗袍还是她为了这次见面特地去银泰买的），旗袍衬得她的腿有些修长，肤色也白了不少。

她正注视镜子里的自己，阿宝他们到了。不好意思啊，今天她爸爸有个很重要的客户，所以，就只有我同夏夏来。顾夏妈妈说。云惠注意到这是个打扮得相当时尚的女人，当她说话的时候，身上的淡淡香水味也随之飘散开来。哪里的话，云惠赶忙说，快进来吧。他们在客厅里坐下，两个孩子到房间里去了。她把切好的水果推到她面前，顾夏妈妈，先吃点水果。对方却并没有接，老实说，我本来不怎么看好阿宝的。她边说边探头看了下两个孩子，把声音往下压了点。你也知道，我们家夏夏从小读书就好，大学毕业后，又在医院工作。女孩子嘛，做医生很吃香的。你们阿宝就不同了，他没念过大学，酒吧这种地方也终究不是长久之地，你说呢？是，是，云惠点了下头。要不是我们夏夏喜欢你儿子，又非他不嫁，我是怎么都不会同意这门亲事的。是，是，云惠又点了下头。你们家的情况呢，夏夏跟我说起过一些，彩礼这些形式上的东西我是不大在乎的，你们想出多少就出多少，不要太过不去就行了。至于婚房，她把背脊挺了挺，道，我那里正好有套闲置的，一百四十平方米，足够他们小两口住了。

她把她的话在脑子里重新咀嚼了一遍，发现竟没有一处是表扬她儿子的。还有，她最后那句话是什么意思？难道他从此就要搬出去，把她一个人孤零零地留在这里？就是说，他们以后要搬到那套房子里？她连声音都是颤颤的。当然，顾夏妈妈环视了一圈，说，我只有这一个宝贝女儿，我给她的都要是最好的。那，他们同意吗？你这话说的，顾夏妈妈显然不高兴了，我们给出那么好的条件，换了别人巴望还来不及呢。再说，这事你儿子也知道的，我们都说好了。我们都说好了，她一字一顿地重复着。客厅一下变安静了，房间里，阿宝和顾夏在笑着，他们笑得那么大声，使得她感到了一股莫名的刺痛。

顾夏妈妈，云惠站起来了，夏夏是个好姑娘，所以，我想有些事我必须跟你说清楚。云惠看到顾夏妈妈狐疑地看了她一眼，这神情竟使得她兴奋起来。你可能不知道我们阿宝在去酒吧工作以前是学校的尖子生吧。那时候，他成绩那么好，所有人都以为他进浙大绝对没问题，可他偏偏迷上了一个女人，那个女人染一头黄发，细胳膊细腿，穿得特别特别少。后来，他没考上大学，成了酒吧的驻唱。每过一段时间，他都会带回来一个女人。那些女人——她们每个都跟先前那个女人一样，染头发，穿得特别特别少，你说奇怪不奇怪？顾夏妈妈的脸色变难看了，她朝房间叫起来，夏夏，我们走。

顾夏很快出来了，她木然地看着母亲，不知发生了什么事。阿宝也出来了，他看了看顾夏妈妈，又看了看云惠。怎么了？没什么，她的语气出奇冷静，我们刚才在谈你的情况，好让大家更深入地了解你。妈，你在说什么啊？她没有理他，径自转向了顾夏，我想，阿宝爸爸的事，你一定还不知道吧？妈——阿宝朝她喊了起来，他的脸因为激动以至有些变形。她看着他，突然发现这个曾经让她畏惧、内疚、痛苦的儿子竟是如此不堪一击。

她不怕他了。巨大的快感席卷了她，她晓得再也没有人能阻止她了。我怀孕的时候，她像在上课一般娓娓道来，他爸爸，也就是我的丈夫嫖娼被抓了。他是多次嫖娼……后来，有人告诉我，这种基因很有可能会遗传的。当时，我不相信。直到后来，当我儿子也就是你所爱的阿宝同那些女人不停地厮混的时候，我才明白原来这种东西真的是会遗传的。顾夏哭着跑出去了，紧接着是她的母亲。阿宝没有立即追出去，他在原地站了十来分钟，也走了。客厅里又只剩下云惠了，她把自己靠在沙发上，能闻到空气中流动着的一股腐尸味。她使劲地闻着这些气味，想，他会回来的。

是的，他会回来的，不管怎么说，他是她儿子。她这么想着，记起婚后不久，她独自一人乘火车回了洛阳。洛阳城与她毕业时并无什么不同，她穿过一条条马路，直到到达了杜江的公司。这是家规模不大的公司，由杜江同他老婆共同经营。她在他公司附近的小路上等了一会儿，看到了他。他开着辆车，副驾驶座上坐着一个年纪很轻的女孩。他把车靠路边停好，低下头，去吻那个女孩。他们吻了很久很久，后来，总算停下了。他开始跟女孩说话，她晓得他是要女孩在车里等他，就像他过去要求她那样。她看不下去了，别过脸，泪水不听话地一拨接一拨地往下流。云惠把眼睛闭上了。卢舍那大佛还在，黑暗中，她看到那双眼睛还在似看非看地望着她。

# 桃花渡

## 一

秋天里，阮依琴得了一场不轻也不重的病。体检报告显示她的甲状腺上有个边界模糊的结节。阮依琴拿着那张薄薄的报告单，她在一片混沌中看到了一个黑漆漆的圆点。圆点并不算大，但医生却告诉阮依琴这个圆点很有可能就是肿瘤。医生看上去四十来岁，微胖的脸蛋同秃得只剩下后脑那一圈儿毛的脑袋无不表明着他的专业很娴熟。阮依琴的眼睛便绕过医生那光亮得有些过分的前额，后方一扇老式、狭长的窗户外，许多片梧桐树叶正飘落下来，像是赶赴一场绚黄的盛宴。医生没有注意到阮依琴的眼神，他还在继续说着，最好做个手术吧，一旦切片结果确定是恶性，就能马上切除掉了。阮依琴还在看着窗外，那些梧桐树叶不断地掉落下来，好像永远都掉不光似的。阮依琴就对着那些梧桐落叶说，我不能手术的。你不要害怕，医生以为她在担心，其实就是个小手术，这种病发现得早，治愈率还是很高的。但阮依琴却说，我还有很多事情要做，我不能手术的。阮依琴起身去拎包，低头的时候，她听到了医生的一声叹气，你这个情况，应该做手术的。

从邵逸夫医院到阮依琴的家不过两站路。但那天，阮依琴走了四十多分钟。快到家的时候，一场绵长的秋雨悄无声息地降了下来，轻易地就将阮依琴打湿了。阮依琴立在无数细长的、密集的雨点之中，她很想安慰自己这是一次误会，那个黑色的圆点不过就是个结节。但如果不是呢？阮依琴不敢再往下想，甲状腺癌虽然称不上绝症，但总是越早治疗越好。阮依琴是怕死的，可阮依琴更怕自己不能唱戏。新版《追鱼》马上就要开始排练了，团里前些天定下来，还是由她同黄云伶出演。那么多年过去，许多事情阮依琴都淡忘了，但当年《追鱼》里黄云伶的扮相却无比清晰地印在了她的脑海之中。黄云伶披一个淡红网眼云肩，着一条鲜红的长百褶裙，她唱起戏来，云肩、裙摆亦随之舞动，犹如一条红色的鲤鱼。阮依琴就狠咬了下自己的嘴唇，把 B 超单塞进了包里。阮依琴想，无论如何，都等到演出结束以后再说吧。

回到家，金阿姨看到湿淋淋的阮依琴吃了一惊。金阿姨问她，怎么淋得这么湿？金阿姨是阮依琴家的钟点工，做了两年多了，金阿姨搞卫生很干净，烧菜也有一手，自打她来家里以后，阮依琴就没再换过人。做的时间长了，两人便熟络起来，金阿姨人很爽快，有什么说什么。所以当金阿姨问她怎么淋得这么湿时，阮依琴轻描淡写地说了句，忘带伞了。阮依琴去脱衣服，走到洗衣机前时，她注意到洗衣机旁多了一瓶香水。这是一瓶淡黄色的香水，瓶身很是方正，上头写有黑色字母“DAISY”。阮依琴正看得出神，金阿姨就进来了。金阿姨说，这是你的吧，早上洗衣服的时候我摸出来的，还好没洗进去。阮依琴想了想，说，哦，下次我不会忘记了。

假若金阿姨仔细辨别的话，她是能发现阮依琴那天的神情是有些游离的，如果再进一步思考，她也许就会发现阮依琴其实是不用那个牌子的香水的。阮依琴所有摆放在梳妆台上的香水都由两个交叠的字母 C 组成，名字叫香奈儿。阮依琴只用香奈儿的香水。但那天，金阿姨未作深究便匆匆赶回家去了，所以，那顿晚饭照例只有阮依琴和马凯两个人吃。

阮依琴打开香水瓶，深深吸了一口，一股淡淡的、清甜的香味顺势窜入她的鼻子。这香水的名字起得真好，阮依琴想，她好像真的看到了初秋的原野上大片大片盛开着的雏菊。阮依琴把香水放到马凯面前，问，这是你的吧？马凯正吃着饭，马凯说，是。马凯如此大方地承认，让阮依琴有些意外。这是送给一个女人的，马凯说着把香水瓶放进上衣口袋，你就不想知道那个女人是谁吗？阮依琴愣了下，阮依琴想，自己好像应该问一下的。可是问了又能怎样？是像其他女人那样大吵大闹一顿，然后分道扬镳？抑或是从此心里住进个疙瘩，彼此再生活在一起？两者，阮依琴都不喜欢，她的本意只是想提醒下马凯，别太过分了。所以，阮依琴回答道，这有意思吗？怎么没意思？马凯却显得咄咄逼人，马凯说，知道了，我们才好去离婚。马凯说完，撇下才吃了一半的饭出去了，只留下阮依琴一人待在空荡荡的客厅。阮依琴觉得今天的马凯好像不像马凯了。

记忆里，马凯鲜有娱乐生活，他唯一的爱好便是钻进文字堆里研究各种历史。马凯是市文化馆里编各地县级材料的。如婚前预料的一样，他们的婚姻生活称得上平淡无奇，阮依琴依旧加班加点地排戏，而马凯则一头埋进了他的书堆里。阮依琴甚至想，和这样的男人在一起，绝不可能会因为诸如遇上七年之痒、缺乏激情之类的理由而离婚。因为，他们之间从来就没有激情，说到底，他俩的婚姻更像是为了一张证明，那张给他俩以外所有人看的证明。既如此，离不离婚对阮依琴而言也就没那么关乎痛痒了。只是，阮依琴想，不能是现在。新戏一旦开始排练，那就好比是列车上了高速轨道，她又怎么能因为离婚这种事情而分心呢？

阮依琴去房间里找戏服。戏服就压在衣柜的最底下，那是件玫红色的戏服，上头绣有牡丹样的花纹，还配有白色流苏的半透明云肩。阮依琴将戏服取出，穿上，透过衣柜上那面宽大的试衣镜，她仿佛看到了年轻时的自己。阮依琴原本是唱花旦的。阮依琴很小的时候就跟着师父在剧团里唱戏了。那是个很小的越剧团，加上师父吴凤梅也不过才六个人，这六个人把戏里所有的角色都扛起来了。如果换作别的地方，这样的小剧团肯定是站不住脚的，但在阮依琴生活的这个小城——绍兴——则不同。绍兴自古就是出戏曲的地儿，绍兴的越剧、绍剧、新昌调腔放在全国都是有名的。绍兴城里爱听戏的人也多，一个露天台子、几张条凳，就是一个小型戏园子。

阮依琴她们常常在这样的露天台子上唱。阮依琴喜欢唱戏，尽管底下观众不多，但她站上台却有种飞起来的感觉。不唱戏的时候，阮依琴就立在台子后方看师父。师父吴凤梅已经四十好几了，平日里，她总是绾着个发髻，吴凤梅的眉目是细柔的，吴凤梅看人的眼光也是细柔的，就连吴凤梅的小碎步也是细柔的。吴凤梅整个人都跟越剧一样，阮依琴就常常望着台上的吴凤梅出神。阮依琴想，吴凤梅多么像自己的母亲呀。

阮依琴其实是没有母亲的，她甚至连母亲长什么样都忘了。唯一的印象是，四岁那年，吴凤梅从福利院里把她领了回来。吴凤梅说，你就跟着我唱戏吧。阮依琴便跟着吴凤梅唱戏。吴凤梅膝下无儿无女，吴凤梅既把阮依琴当作徒弟，也把她当成女儿。后来，那是阮依琴大了以后的事情了，阮依琴无意间晓得，原来吴凤梅曾经也是有过一个女儿的。只可惜，那个小姑娘在人世间没活几天便夭折了。小姑娘的父亲不久也因病离世，只留下了吴凤梅孤身一人。阮依琴听人说的时候，仿佛看到了无数个夜晚，师父独自坐在床头，任由清冷的月光拂过她的泪水。她就往自己心里打了一记，她想这辈子、下辈子，还有下下辈子，师父都是她的母亲了。

阮依琴这样想的时候并未料到，命运的枝蔓已经朝着不可扭转的方向蔓延开了。头一次见到柳玥是在露天台子底下。阮依琴唱好戏正打算回家，却被一个女人拦下了。女人披着件黑色风衣，圆润的脸上长着一对与之不太相符的丹凤眼。这种长相其实是很特别的，但阮依琴却隐隐觉得似曾相识。还是女人先开了口。女人说，你好，我是柳玥。阮依琴这才忆起自己是真见过这个女人的，那是在团里那台小小的影碟机里：柳玥扮作一个俊朗少年，在那台影碟机里咿咿呀呀地唱着。杭州越剧团团长柳玥是个小生，也是越剧界泰斗姚桂兰的嫡传弟子。阮依琴不禁有些局促了，柳玥却笑了起来，在她云淡风轻的笑声里，阮依琴听到了一个声音：跟我走吧。你这么好的苗子，应该唱小生的。

很久以后，当阮依琴回想起那天晚上的情景，仍觉得一切有如鬼使神差一般。阮依琴站在师父吴凤梅和柳玥的中央，吴凤梅问她，依琴，你想跟柳团长回去吗？你要是想去，我不会拦你的。阮依琴的眼睛明明是向着师父的，可柳玥来了，柳玥的嘴里衔着一只苹果，她像一条蛇似的拼命蛊惑着阮依琴。你难道就打算一辈子窝在这个小剧团里？你就不想登上更大的戏台，唱戏给更多的人听？阮依琴就一动不动地站在那里，但她的不语恰恰表露了她的心迹，她这才发觉自己已经接过禁果并吃下去了。阮依琴的眼泪簌簌地流了下来，她唤了声，师父。吴风梅没有应她，良久，吴风梅低语道，我已经不是你的师父了。

## 二

马凯已经很多天都没有出现了，自从他提出离婚后，他就跟消失了一样。但是那天阮依琴下班回家却看见了他。马凯坐在客厅的沙发上，第一句话就是，我们谈谈吧。阮依琴的心里就不禁咯噔了一下。果然，马凯从包里拿出张纸和笔来，家里的东西，你看着办好了，我无所谓，反正这房子本来就是你分的。马凯又说，名字我已经签好了，就等你了。马凯指的是离婚协议书。阮依琴没有去拿那支笔，她盯着那张签有马凯名字的离婚协议书好久，想，这日子怎么就过着过着，过成了这样？

阮依琴和马凯的恋爱肯定算不上惊天动地。那时候，阮依琴没日没夜地唱戏，她在把自己唱成杭州越剧团台柱的同时，也把自己唱成了大龄剩女。对此，阮依琴倒是无所谓，她想，和戏为伴的人生也没什么不好。所以，不管别人怎么说，阮依琴仍旧我行我素。柳玥却不这样认为。有一回，柳玥把阮依琴叫到了她的办公室，说，女人过了三十，就走下坡路了，你也该找个男人嫁了。柳玥说着，从抽屉里拿出了一沓照片来。都是熟人介绍的，我看过了，除了有几个年龄大了点，其他都还不错。柳玥说得好像跟动物交配一样简单。柳玥又说，上次我去市里开会，人家领导特意提到了你，说你条件这么好，怎么会找不着对象的？是不是团里的工作量太大了，没时间谈恋爱。再这样下去，就是我这个团长的问题了。阮依琴其实并不想拿那些照片，但她还是拿了，她接过照片一瞬间突然想：婚姻本身，大概就是一场身不由己。

阮依琴开始同照片上的人相亲。照片上的好几个人老得可以做她的父亲，还有几个离过婚的。也有各方面条件都合适的，但对方要求婚后必须专心相夫教子。这个时候，阮依琴的脑子里就晃过柳玥的那句话来：女人过了三十，就走下坡路了。马凯就是这个时候走进阮依琴的生活的。马凯比阮依琴大六岁，人挺老实，长得也过得去，文化馆里的人都说，马凯是因为天天埋头搞创作，才把自己弄成了光棍。

阮依琴还记得头一次见马凯，是在越剧团附近的一家小餐馆里。菜入油锅的声音、服务员点菜的声音和人们的交谈声把餐馆包裹成了一个闭塞的瓶颈。菜迟迟未上，两人都不由得有些局促。本来嘛，如果有饭菜，两个没什么可聊的人便可以将话题转移到菜上来。再不济，还可以吃，一旦吃上了，场面便不至于那么尴尬。马凯显然不是什么制造气氛的高手，他在问了几句后，就再也不发问了，只是礼貌性地回答阮依琴提的问题。阮依琴也就有一句没一句地说着。后来，阮依琴突然停了下来，她想自己为什么会这样累。她倦了，于是，她对着马凯问了句，要是我们结婚了，你会让我唱戏吗？马凯呆了下，旋即问道，那你会反对我编写材料吗？阮依琴就看着马凯，说，不会。那我也不会，马凯说。

从餐馆出来，马凯对阮依琴说，外面吃贵，还不卫生，你是唱戏的，吃上更要讲究。明天你来我家吧，我给你做顿好吃的。第二天，马凯果真给阮依琴做了满满一桌子的菜。青椒炒笋丝、西湖腐皮卷、凉拌黑木耳……马凯边上菜边说，我那天就注意到了，你不吃荤的。不过，你放心，今天这些菜全是素食，吃多了也不怕胖。阮依琴的心里便起了一丝涟漪，阮依琴想，这当然不是自己理想中的爱情。阮依琴理想中的爱情，要有爱恨情仇，要够轰轰烈烈，但既然命里注定她不能拥有这样的爱情，那么，她就只能退而求其次，求个稳当。马凯他本身就是稳当，阮依琴没什么可挑剔的了。

可现在，稳当的马凯偏偏不稳当了。阮依琴坐在沙发上，她还在盯那张签有马凯名字的离婚协议书，协议书上，“马凯”二字写得龙飞凤舞，就像此刻她的心绪。良久，阮依琴站起来，她从皮包里翻出那张B超单来给马凯，你看看吧。和马凯生活了这么些年，马凯的脾气阮依琴还是知道的。马凯就是欠不得别人的债，特别是良心债。果然，马凯接过，他的脸色变得难看起来。这是什么时候的事情？马凯问。阮依琴没有回答马凯，阮依琴问的是，你还打算同我离婚吗？马凯不作声了，马凯就捏着那张离婚协议书，直到那张纸的中央被捏出了一道褶皱来。明天我先陪你去复查下吧，马凯顿了顿，道，等这个事情处理好了，我们再离婚。阮依琴却说，我不去。你不就是想我检查出来没事，好顺顺当当地跟我离婚？我偏不去！马凯把那张协议书扔了出去，阮依琴，这么多年，你什么时候在乎过这个婚姻？也对，它只有妨碍到你唱那些狗屁戏，当狗屁团长了，才是重要的。马凯说完便头也不回地出了门。

等马凯走后，阮依琴仍旧坐在沙发上，她的眼睛跳过电视机、音响，最后落到了斜对面的那张婚纱照上。婚纱照里，阮依琴一袭玫红色戏服，浅笑着。戏服很长很长，一直拖到了地板上。这是阮依琴的意思，阮依琴说，这样才有婚纱的味道。阮依琴的旁边则是马凯，他也着一件改良过的戏服，看上去有些不太搭调。婚纱照拍成这样，马凯原先是不同意的。马凯说，结婚总要有结婚的样子，怎么搞得跟唱戏似的。阮依琴却说，一百张婚纱照里一百张都是白婚纱、黑西装，那种婚纱照，你要是喜欢，你自己去拍，我反正是不拍的。马凯只好妥协，但马凯并不晓得，阮依琴说的时候心里其实是闪过一丝念头的：如果生活里只有她同越剧，该有多好。

现在看来，也许她和马凯的婚姻一开始就是错误的。阮依琴把自己蜷成了一团，陷进了沙发里。可是，那又如何呢？即便如此，她就像搭上了没有回程的航班，回不了头了。不仅如此，她还要让这场满是漏洞的婚姻继续进行下去，必须继续进行下去。阮依琴起身去拿新《追鱼》的戏本。戏本很厚，她翻开其中一页，里头满是她做的标记。没多少时间了，阮依琴盘算着，新《追鱼》上演后便是团长竞选。阮依琴得到消息，等柳玥调去市委宣传部，团长的空位就由本团的人来填补。团里的副团长总共就只有她和黄云伶，换言之，这其实是一场关于她们两个人的战争。阮依琴就恨恨地看了那张婚纱照一眼，阮依琴想，她不能输的。她好不容易才走到今天，又怎么能在这个节骨眼上输呢？

阮依琴还记得自己初到杭州越剧团的那个夏天，整座杭州城就像上了发条的机器般蠢蠢欲动。阮依琴经过的每一条小巷都被红色的大字覆盖了，上面用极其板正的宋体写着“争创‘文艺之都’，人人有责”。从每家每户的电视机、收音机里传出的，也都是同争创“文艺之都”有关的报道。在被持续高亢的情绪所包围的这座城市里，越剧团更是首当其冲。市里下了文件，要求团里必须排一部高质量的戏——《追鱼》。

几乎所有的人都变得忙碌起来，只有阮依琴除外。阮依琴是帮忙打下手的，有时她会帮忙去别的地儿取道具，有时则去传达室帮忙分发各种报纸、信件。传达室里的报纸、信件很多很多，管传达室的老头一个人根本对付不过来。阮依琴在分发这些东西的时候却在想，为什么柳玥把她挑了来，却只让她做这些活？但她亦没有别的办法。除此之外，她倒是有一大把空余的时间。每每这个时候，阮依琴便会呆呆地站在戏台底下，那是个很大很大的戏台，戏台上，很多人在来来回回地走动，很多人在咿咿哇哇地练唱。阮依琴听说，这部戏的花旦已经定下来了，是团里新晋的红人黄云伶。阮依琴还听说，张珍的人选还在考虑当中，张珍最后是要从台上的那些小生里选出来的。

一段宛转悠扬的曲调从戏台后方飘了出来：但愿得夫唱妇随常相叙，却比那玉堂金印胜十分。这段戏说的是鲤鱼精向张珍表露内心的情愫。阮依琴细细听来，这花旦的音色柔软中带着细腻，细腻中又带着点韧劲，她不觉听呆了。然后，她看到一身鲜红的黄云伶娉婷地走到了戏台中央，黄云伶的眼眉弯弯的，酒窝浅浅的，黄云伶就像那条鲤鱼精似的微笑地望着她。阮依琴哼唱起来，无数个音符从她喉咙里蹦跳出来，滚落到了空气之中，阮依琴不知道自己为什么要唱，但她的内心却在呐喊，唱吧，唱吧。阮依琴想，自己一定是被那条鲤鱼精感动了。阮依琴还在唱着，然后，她看到黄云伶站到了她跟前。黄云伶说，你也想唱戏吗？黄云伶的脸上已经没有笑容了，这使得她原本妩媚的脸显出几分凌厉来。阮依琴这才明白，自己不应该唱的。但她明白得太晚了，黄云伶空洞的声音在她的耳旁扩散开来，类似于某种审判。黄云伶说，实话告诉你，你的嗓子不适合唱花旦的，当然，也不适合唱小生。阮依琴没有辩驳，她看到一个字飞过来，又一个字飞过来，重重地砸落在她的心上。窗外，蝉叫了，蝉的叫声一浪接着一浪，很快就将她湮没了。阮依琴想，这是一个多么悲凉的夏天啊。

如果不是长宏影视公司的赵老板，也许阮依琴的人生就这样了。阮依琴是在柳玥的办公室里见到赵老板的。赵老板顶着个啤酒肚，前额处的头发已经掉得差不多了，但这并不影响柳玥满脸堆笑地同他握手。赵老板，我柳玥保证，这部戏改拍成电视剧一定会红。柳玥还想继续说下去，办公室的门开了，柳玥看到阮依琴站在那里。阮依琴是来送报纸的，她绕过赵老板，走到了柳玥跟前，然后，她听到了赵老板雄鸭子一样的嗓音。柳团长，她是谁？也是你们团里的吗？柳玥说是，柳玥没有回答赵老板的另一个问题。赵老板笑了起来，在他意味深长的笑声里，阮依琴转了个身，回敬给赵老板一个很好看的笑容，赵老板，我叫阮依琴，小鸟依人的依，琴棋书画的琴。

那天晚上，阮依琴跟着赵老板去了他的一处别墅。在往后的无数个日子里，阮依琴都不愿再忆起那段不太愉快的经历，赵老板压在她上头，就像某只巨大的白色肉虫。你放心——好了——这部戏——肯定由你来演。赵老板边说边卖力地在她身体里进进出出，赵老板的话因此便变得断断续续了。阮依琴的思绪就在赵老板断断续续的话语中散落开去，阮依琴想到了团里那个瘦瘦高高的编舞，那是个叫潘志文的男人，他常常在下班前就帮阮依琴把热水打好，再拎到她的宿舍去。潘志文还写过一封情书给她，那封情书被她藏在了枕头底下。许多个夜晚，当阮依琴抚摸着那张有些泛黄的纸，她觉得自己快要被幸福充满了。但是，快要被幸福充满的阮依琴最终也没选择潘志文。潘志文家里有个尿毒症的母亲，那个半死不活的女人已经耗费了他们家太多的财力、人力，而且将来还要无止境地耗费下去。潘志文也不能让她登上那个大戏台，所以，当阮依琴躺在赵老板边上凭吊那段无疾而终的爱情时，她仅仅只是难过了那么一下。然后，她听到了赵老板不算太响却极有规律的呼噜声。

## 三

阮依琴现在所在的病房共有三个病人，一个年纪很轻的女孩子，一个五十来岁的男人，还有她自己。探病的人零零散散，不太多，也不算太少，但这并不影响阮依琴练习新戏。阮依琴手里拿着戏本，柳玥跟她讲不用再唱这部戏的时候，她一度以为自己完了。柳玥说，这是我在越剧团的最后一出戏，这里头一丝一毫都不能错的，你都病成这样了，怎么能上台演出呢？阮依琴这才晓得马凯把事情捅到柳玥那里去了，不管她怎么解释，柳玥都坚持不再让阮依琴出演了。

阮依琴去邵逸夫医院找医生。阮依琴说，医生，你帮我想想办法好不好，我这两天还要唱戏的。医生手里拿着一张新报告单，他看了一会儿，对阮依琴说，你还是赶紧手术吧。阮依琴的身子就软了下来，阮依琴想，秋天过去了，总还会有春天，可错过了这部戏，她阮依琴还会有春天吗？阮依琴站了起来，她是用手扶着医生的办公桌站起来的。阮依琴说，医生，你一定要帮我的，我不能不唱戏的。医生盯着眼前这个奇怪的女人，摇了摇头，你这种情况，手术已经是最好的办法了。他想了想，又补充道，这种手术，一般休养半个月就可以正常上班了，你用不着那么担心的。阮依琴去拨柳玥的电话，阮依琴说，团长，你给我半个月时间好不好，就半个月，等我手术好，就可以重新唱戏了。她顿了顿，又说，你知道的，我不能不唱戏的。柳玥沉默了，半晌，她对阮依琴说，好好养病吧，我还要听你唱《追鱼》的。

阮依琴很快就住进了邵逸夫医院，她的戏台也就从剧团转移到了病房。除却那些零碎的术前检查，阮依琴的时光就是坐在病床上背戏本、练嗓子。夜晚，当阮依琴把病床旁的帘子拉垂下来的时候，她甚至在想，这多么像戏台上的那块幕布啊。手术前一天，阮依琴照旧拿出了戏本，但是，她的思绪很快就被边上的窸窣声打碎了。声音是从隔壁床发出来的，那个年纪很轻的女孩正同一个男孩搂在一起，有说有笑。男孩是女孩的男朋友，之前到外地去了，刚刚才赶回来。许是小别胜新婚的缘故，两人说着说着竟亲起嘴来。阮依琴只好别过脸，装作没看见似的。从她所在的地方往斜上方望去，一台二十四寸的彩电正在播放着新闻。新闻里，一个老太太坐在一把木椅上，老太太的头发已经全白了，阳光照着她的头发，反射出银晃晃的色调来。老太太的后方，一个微微有些驼背的老头正在替她理发，老太太的头发剪落下来的时候，就好像剪碎了一地飘扬的雪。老头是老太太的丈夫，据女主播介绍，夫妇俩已经牵手走过了五十个年头了。在这五十个年头里，老太太的头发几乎全都是她丈夫理的。

阮依琴看不下去了。所幸，医院的这栋楼临街而建。阮依琴把目光转向窗外：一条不太宽敞的马路上，许多辆汽车正轧过路面，汽车所过之处，很多粒尘土在飞快地跳上跳下。马路两旁则是各色店铺，它们一字摊开，像一条条贴了花片的蛇延伸向远方。那天下午，阮依琴就一直倚在窗户旁往外看，看那些把整条街缀得色彩斑斓的招牌，也看从她眼皮子底下驰过的一辆又一辆汽车。后来，阮依琴终于看厌了，她转身回病床的时候想，自己到底有些寂寞了。

阮依琴要手术的事，团里的人并不晓得。阮依琴对柳玥说，不过就是个小手术，没必要让大家往医院里跑的。阮依琴其实更怕团里的人一旦知道了，难保没有一段蜚短流长。柳玥自然也明白，但柳玥什么也没说。按理，阮依琴还应该告诉马凯，阮依琴同马凯一起生活了这么些年，就是没有爱情，也总归有一点感情的。但眼下，马凯都这样害她了，她也就没有告诉他。

手术签字前，医生问阮依琴，还有没有其他亲属？阮依琴想了想说，没有，就我一个人。阮依琴说着在那叠厚厚的纸上签字，她签了一个又一个，签到最后一个名字的时候，手机铃声响了。电话是金阿姨打来的。金阿姨一上来就问，你这两天跑哪里去了，我都急死了。打电话给你，老是关机，问马先生，他又说自己在外地。阮依琴这才想起，自己住院前忘记同金阿姨交代一声了。她只好说，不好意思，这两天外出有点事，手机又正好没电忘了充。金阿姨的语气便缓和了下来，那我这两天的饭就不做了，卫生还是会像平时那样打扫好的。你什么时候回来，我好给你做顿好吃的，外头的饭菜总是不如家里的好。阮依琴的眼泪下来了，止都止不住。她想，自己这是怎么了？明明刚才手术签字都不哭的。然后，她听到了电话那头金阿姨急促的声音，金阿姨在问，你怎么啦？

那天下午，金阿姨赶到医院的第一句话就是，这么大的事，你怎么都不跟我说的？马先生也不知道？见阮依琴不作声，金阿姨又说，这怎么行？要出事情的。金阿姨拿手机拨马凯的号码，却被阮依琴拦下了。阮依琴说，金阿姨，别打了，我们都快离婚了。金阿姨握手机的手就僵在了那里，金阿姨问，好好的，为啥要离婚？阮依琴想了想，说，就是没法过了，没法过了就要离婚。金阿姨不作声了。许久，金阿姨说，好，我晓得了。但你一个人在医院里肯定不行的，家里没个人，就是请个护工都会偷懒的。要是你不嫌弃我这个老太婆，就让我来照顾你吧。

阮依琴的手术整整做了五个小时。阮依琴被推进手术室的时候，外头还只有金阿姨一人，出来时，却变成了两个。来者是黄云伶。黄云伶穿着一条亮黄色连衣裙，裙摆很长很长，那抹长长的亮黄色就在阮依琴的眼前招摇地跃动着。黄云伶怎么会知道她手术的事，阮依琴不知道，她只知道自己是太累了，累得连睁眼睛的力气都没有了。阮依琴把眼睛闭上了，然后，在一片黑暗中，她听到主刀医生说，她的甲状腺被切掉了三分之二，以后要长期吃一种叫优甲乐的药。医生还说，这两天都不要给她进食了，就输营养液好了。阮依琴晓得医生是在同金阿姨讲，她很想叫出来，医生，你不要讲，你等那个女人走了再讲好不好。但是，她连一个字也说不出来。她太虚弱了，在她尚存的最后那一点意识里，她听到的是黄云伶的声音。黄云伶说，张珍的人选昨天已经定下了，是个新人。至于你嘛，还是好好养病吧。

阮依琴是在第二天下午醒来的。醒来的时候，午后的阳光正透过窗户照在了她的脸上。这是种不算太热的温度，但阮依琴却一下被惊醒了。阮依琴满脑子里跳来跳去的都是黄云伶对她说的那些话。黄云伶说，张珍的人选已经定下了，是个新人。黄云伶说，至于你嘛，还是好好养病吧。阮依琴就在心里一遍遍地对自己说，不可能，不可能。柳玥明明答应过她会等她回去的，杭州越剧团团长柳玥怎么可以说话不算话呢？

阮依琴打电话给柳玥，电话是很久以后才接通的。柳玥在电话里一共只讲了两句话。柳玥的第一句话是，依琴，你要说的我都知道了。柳玥的第二句话是，依琴，你是副团长，一切都要以大局为重。阮依琴不知道该说什么了，后来，她唱了起来：但愿得夫唱妇随常相叙，却比那玉堂金印胜十分。太阳照着阮依琴的喉咙，她感觉自己的声音正在被阳光撕裂开来，沙哑而苍白。但她仍不停地唱着，她唱得极其投入，等回过神来，她才发现柳玥已经将电话挂了。

那个晚上，阮依琴在床上翻来覆去，怎么也睡不着。天快亮时，她看到了一个半老的女人，女人的脸已经瘦得变形了，她像一盏枯尽的油灯等待着最后那丁点油被消耗殆尽。阮依琴的后背就起了一袭冷汗，她想起两年前打来的那通电话，也是在破晓时分。电话里，阮依琴得知吴风梅已经到了胰腺癌晚期，希望她能回去见最后一面。阮依琴的心就跌落了下去。阮依琴记起，自己已经很久都没去看师父了，最后一次，是在那个小剧团里，吴风梅淡淡地说了句，你已经不是我徒弟了。阮依琴还想起，和赵老板好上后没多久，黄云伶来找她。其实，赵老板已经很久都没有和阮依琴联系了，赵老板很忙，忙着赚钱，忙着换女人，赵老板身边从不缺女人，但黄云伶的那只戴有硕大钻戒的手还是重重甩了阮依琴一个巴掌。这算轻的了，黄云伶说，叫你身子骨贱，叫你勾引我的男人！黄云伶似乎还不解恨，又说，你真以为你唱得好，才进的这里？告诉你，要不是柳团长想要报复你那个师父，就凭你？……阮依琴这才知道，吴风梅和柳玥原来是在同一个越剧团的，她们同时喜欢上了一个男人，后来，那个男人成了吴风梅的老公。阮依琴的眼睛红了，许多滴眼泪掉落下来，啪嗒啪嗒，啪嗒啪嗒。黄云伶还在看她，黄云伶只冷冷地说了句，你不嫌丢人，我还嫌丢人呢，我可不想别人以为我会被你这样的人撬了墙角。黄云伶说完就走了，只留下阮依琴一人。阮依琴想，自己无论如何都要恨黄云伶了。

电话那头还在等阮依琴的回答。阮依琴说，我来，我现在就来。阮依琴火速赶去绍兴看师父。一路上，阮依琴如坐针毡。她怕师父就此仙去，亦怕这一辈子永远都得不到师父的原谅。及至看到师父，她才明白一切都来不及了。吴风梅被平放在一张木板上，消瘦的脸庞同紧闭的双目使得她和记忆里的那个师父很不相同。记忆里，吴风梅是清瘦的，但绝不是消瘦。吴风梅的目光永远是那么细碎、柔和，就像她们在福利院里的第一次相遇，吴风梅用细碎、柔和的目光问她会不会唱歌。她点点头，唱了首《世上只有妈妈好》。吴风梅把眼睛眯上了，眯上了眼睛的吴风梅看上去很温柔，是像妈妈般的温柔。吴风梅是闭着眼睛听完《世上只有妈妈好》的，然后，她睁开了眼睛对阮依琴说，以后就跟着我唱花旦吧。

阮依琴恨死自己了。她问自己为什么不早点来看师父，为什么不早点求得师父的原谅。阮依琴开始死命地咬自己的嘴唇，直至把自己的嘴唇咬出了血来，她还在咬。一个约莫十来岁的小姑娘走进来问她，是不是阮依琴。确认了以后，又告诉她，师父特别交代，如果依琴回来了，一定要告诉她，自己是一直把她当徒弟的。阮依琴感觉自己的身体被某种东西击穿了，她在那张木板前跪了下来，磕了三记响头，师父，我回来了。师父，是我——依琴——回来了。后来，阮依琴站了起来，说，师父，我给你唱段戏吧。世情薄，人情恶，雨送黄昏花易落。晓风干，泪痕残，欲笺心事，独语斜阑。难！难！难！人成各，今非昨，病魂常似秋千索。角声寒，夜阑珊，怕人寻问，咽泪装欢。瞒，瞒，瞒！这出戏是《陆游与唐婉》中唐婉唱的《钗头凤》，阮依琴很小的时候，师父就教她唱了，可师父总说她唱得不到位。但那天，阮依琴却把自己唱哭了。

此刻，越来越多的影像夹杂在一起，像电影胶片般一幕幕呈现在她眼前。阮依琴从床上坐起来，她突然很想唱一段《钗头凤》，为自己，也为师父。阮依琴拉开嗓门唱了起来，但她才唱到高音就唱不下去了。阮依琴惊觉，自己已经不能唱戏了。

## 四

阮依琴是一周以后出的院。阮依琴站在医院门口，看着大街上不断穿梭的人群，突然就有了种物是人非的感觉。阮依琴的喉咙还没有恢复，医生却告诉她，他只负责甲状腺手术，肿瘤被切除了，各项指标也趋于稳定，至于那个喉咙嘛，完全是两码事。医生说得振振有词，阮依琴也就懒得跟他争辩。其实，阮依琴完全可以跟他争辩的。但是，她累了，她想如果争辩能让喉咙重新好起来的话，那她会争辩的，但是既然争辩没有用，那还有什么好争的呢？

在医院的这几天，阮依琴是试着每天都来上一段的，但是任凭她再怎么努力，她的嗓子似乎都回不到从前了。但阮依琴心里却想，会好起来的，肯定会好起来的，她还要唱《追鱼》，她还要唱好多好多的戏。所以，她仍旧用力地唱着，她的声线也就因为颤抖而变得飘飘摇摇，似断非断了。金阿姨看不下去了，金阿姨不止一次地劝阮依琴，别再唱了，你现在需要的是休息。阮依琴没有听进去，她的脑子里掠过了黄云伶甩了她一巴掌后，她在排练房里练习的情景。她学着徐玉兰的法子，硬是给自己那脆生生的嗓音添上了一层中性化的色彩，她就这样没完没了地唱啊唱，终于把自己唱到了“梅花奖”的领奖台上。领奖台下，黄云伶面无表情地坐在那里，阮依琴把奖杯举了起来，阮依琴把奖杯举得很高很高，那意思是，你黄云伶做到的，我做到了；你黄云伶没做到的，我也做到了。可如今，她竟然不能唱戏了。不能唱戏意味着什么？阮依琴不敢去想，一瞬间，她好像被苦涩包裹了。

金阿姨还在劝她，你千万不好急的。人家说，心情好了，病自然也就好了，你这种情况更加急不来。阮依琴停了下来，她喃喃道，我可能一辈子都唱不了戏了。要是不能唱戏，那我还不如死了。乱讲，金阿姨急了，你还年轻，什么死不死的。退一万步讲，就是真的不能唱戏了，也不好寻短见的。阮依琴就看着金阿姨，说，金阿姨，我知道你是为我好，但是，我的事，你不懂的。很长一段时间里，金阿姨没有再讲话，金阿姨叹了一口气，又叹了一口气。金阿姨叹了无数口气。后来，金阿姨站了起来，金阿姨说，你的事情我是不懂，但人人都有一本难念的经。就好比我吧，我家那老头子死了没多久，我就被检查出得了乳腺癌，你说我，老公没了，连女人的那点资本也没了，我这样活着又有什么意思？金阿姨哽咽了。阮依琴没想到金阿姨竟有如此悲惨的遭遇，一时间不知该说什么才好。她伸出一只手来，想安慰下金阿姨，没想到却反被金阿姨握住了。金阿姨说，其实，我好几次也都想跟了老头子去的。可后来，我想通了，老天爷既然让我活着，我就好好地活吧。孩子，听我一句劝，人哪，只要活着，没什么过不去的！

现在，阮依琴站在医院门口。大街上依旧川流不息，大街上的行人好像永远都走不完似的。阮依琴就盯着这些来来往往的人，看他们一拨过去了，下一拨再上来。阮依琴想，也许金阿姨是对的。阮依琴决定去绍兴看吴凤梅，阮依琴跟金阿姨说的时候，金阿姨一万个不同意。金阿姨说，你做好手术才没多久，怎么好去的。阮依琴却说，你就让我去吧。阮依琴的话不响，却带着力道，金阿姨晓得，阮依琴是非去不可了。

抵达万罗山公墓时，已经将近十点了。阮依琴独自一人拾级而上，由于手术才不久，所以她走起路来略显吃力。但阮依琴却坚持独自走完这条路。关于这一点，金阿姨并没有表示反对，金阿姨只说了句，你慢慢来，吃不消了就停一会儿，再不行，就打电话给我，我上来背你。阮依琴就想，金阿姨是懂她的，也懂她那颗想单独跟吴凤梅讲话的心。

这是阮依琴第二次来吴凤梅的墓地。头一次，是师父下葬那会儿，她尾随着送葬的队伍，看到了师父的墓碑。墓碑不大，碑上用黑色的漆写了“越剧花旦吴凤梅”，边上还刻有一张黑白照片。再过去，则是师父那先去了好多年的丈夫，大概因为年份较早，所以并无照片。这样一来，这个师父同柳玥共同喜欢过的男人，便无从知晓了。

真正引起阮依琴注意的却是墓碑右下方的那些人名，阮依琴仔细看去，是几个徒弟的名字。师父没有子女，这样做本无可厚非，但阮依琴搜寻了好几遍，都未发现自己的名字。阮依琴的心里便起了波澜。阮依琴想，自己毕竟是想做吴凤梅的徒弟的。但真要刻上自己的名字，阮依琴却又犹豫了。从绍兴回来，柳玥问她，吴凤梅死了，你知道吗？阮依琴有些心虚，但仍装作镇定道，有这种事？柳玥冷笑了一声，都好几天了，你真不知道？阮依琴说，我怎么会知道呢？柳玥没有再问下去，但阮依琴却觉得柳玥是知道了的。阮依琴从此便再也没去看师父。

阮依琴感觉自己的眼睛酸涩了。她用手揉了下眼睛，从包里拿出件玫红色的戏服来。多年前，阮依琴从绍兴奔赴杭州的时候，就曾带着它。阮依琴把戏服穿上，跪下，然后，在墓碑前点上了一炷香。香很快弥漫开来，在一团团浓重的烟雾里，阮依琴好像看到了柳玥、吴风梅，还有黄云伶，无数的过往像烟云般在她眼前聚集起来，最后，定格成了一幅画面。画面上，阮依琴手捧着一只奖杯，那是越剧界最高的奖项——“梅花奖”，又都消散开了，只剩下了地上那一堆灰烬。

吴风梅还在浅笑着，照片里的吴风梅并不说话，但好像早已洞悉了一切。阮依琴不再说什么，她从包里翻出一支红笔来。笔是从马凯的书房里拿的，笔尖很细，她就用那支极细的红笔在墓碑上写了自己的名字。阮依琴写得极其用力，每写一笔就停顿一下，她终于觉得自己离师父近了。

## 五

那天傍晚，阮依琴从墓地赶回家时，马凯居然回来了。马凯像什么都没发生过似的，系着个围裙，在厨房里淘米、做饭，阮依琴的心顿时就变得丁零当啷了。阮依琴想起自己已经很久没有吃马凯烧的菜了，最后一次，还是在那间老房子里。那是间八十年代的老房子，里头只有一间小小的客厅，厨房是和客厅连在一起的，但这并不影响马凯在里头捣腾饭菜。马凯说，要把胃养好，才有力气唱戏。马凯很会做菜，但马凯除了会做菜和写些文字，其余一无是处。后来，团里分了套房子给阮依琴，也就是她现在住的这套。房子很大，有一百四十多个平方米。阮依琴站在独立的厨房里对马凯说，烧菜这种事情以后还是交给阿姨做吧。阮依琴果真请了阿姨，马凯从此闲了下来。闲了下来的马凯再也不用做菜，他就看着阮依琴不断地使唤着阿姨。阮依琴说，阿姨，菠菜汤以后烧淡一点，不然我嗓子难受，唱不好戏的。阮依琴又说，阿姨，明天吃萝卜炖排骨吧，排骨你吃掉好了，我不吃的……

马凯还在厨房里忙活着。阮依琴问金阿姨，到底是怎么回事？金阿姨说，今天你在山上，马先生打电话给我，我说你去看师父了。马先生就说，他今天会回来烧饭的，还叫我不要告诉你。金阿姨还想说下去，马凯端着菜出来了。一条清蒸鲈鱼、一盘清炒芋艿、一锅百合粥，压轴的是香菇老鸭煲。马凯搁下碗对阮依琴说，你刚做好手术，就别光吃素的了，要多吃点补补身子。不过，今天的菜里都没放葱和老姜，味道可能差了点。马凯说完，又去拿筷子。金阿姨就对着阮依琴使劲眨巴眼睛，我看马先生对你还是有感情的。换作有些人，你这里才动手术，那里就要同你撇清关系了。可你看看马先生，回来给你做饭不说，晓得你刚手术过，不好吃辛辣的，连葱花、老姜都不放进去，你说他都做到这个地步了，你还离什么婚呀？阮依琴想，她和马凯之间的事是怎么都说不清了，所以，她只答了句，金阿姨，你不懂的。

不管怎样，马凯的夜晚变得忙碌起来。每天下班后，马凯都要在厨房里折腾来折腾去，临近睡觉时，再往文化馆赶。马凯现在住在文化馆的宿舍里。据马凯讲，他在整理一份很重要的资料，已经快要收尾了。阮依琴就看着赶来赶去的马凯想，这算什么意思呢？阮依琴去找那张离婚协议书，那张纸自从被马凯扔了后，就被她放在了抽屉里。纸已经有些皱了，阮依琴把纸打开，她看到了那两个潦草的字——“马凯”。阮依琴在一旁签上了自己的名字，然后，她把那张纸放在了客厅的茶几上。马凯，我们离婚吧。阮依琴说。

马凯却拿过那张协议书，撕了，阮依琴看到许多张小纸片飘散在空中，又飞落下来，就好像是在誓死保卫一段不该被拆散的爱情。阮依琴喊起来，马凯，你到底什么意思？不是你要跟我离婚的吗？马凯说，是，但那是以前，现在我不想离了。阮依琴有些歇斯底里了，马凯，你少来。你不就是想跟我离婚才去柳玥那告的密？我现在唱不了戏了，你满意啦？你要真那么想，我也没办法，马凯的语音不轻也不重，反正这个婚我是不会离的。阮依琴想哭了，她坐在沙发上竭力使自己的眼泪不掉落下来，但却愈发无能为力。阮依琴哭了起来，是小声抽泣的那种，在无尽的抽泣声里，阮依琴问马凯，你是不是在可怜我？马凯的手按下来了，那是一只很柔软的手，按在了阮依琴的肩膀上。马凯说，别东想西想了，我明天要出一趟差，等出完差，我搬回来住吧。阮依琴的心就直愣愣地坠了下去，她想，自己真的是被可怜了。

阮依琴跟团里请了长病假，并托金阿姨帮忙找间房子。金阿姨当然不同意，金阿姨说，我虽然不晓得你们为什么要离婚，但你们夫妻一场，好歹是种缘分。金阿姨又说，过日子，总要往好的地方看，就好比马先生这些天忙进忙出的，没有功劳也有苦劳的。阮依琴却是铁了心要搬出去住，金阿姨，这满大街都是房屋中介，你要不想帮我，就算了；但你要是还当我是朋友，就帮我找个清静点的地方。我现在不求什么了，只图个清静。阮依琴都这样讲了，金阿姨只得答应帮她找。

房子很快就定下来了，是在一个距离灵隐寺不远的小村子里。村子的名字很是雅致，叫白乐村。金阿姨自己就住在那里。她的一个远房亲戚的女儿嫁去了广州，老两口也打算跟过去，房子便闲置了下来。据金阿姨讲，白乐村风景好，空气好，关键还安静。除了春天，村子里的人要忙着采茶外，其余时间，整个村庄就是一条小溪、一大片茶园和几条慵懒的黄狗。金阿姨还说，真要住到那里还可以经常去拜菩萨，灵隐寺的菩萨还是很灵的。金阿姨说的时候，阮依琴的眼前就出现了一座被善男信女拥挤着的寺庙，还有一个清幽的、被人遗忘的村庄。阮依琴想，自己其实是更喜欢那个被人遗忘的村庄的。离家前，阮依琴最后看了一眼玻璃柜子上的那个“梅花奖”奖杯，然后，把它塞进了床底下的那只塑料箱。

不管怎样，阮依琴的生活变得空闲起来。白天，她常常去村落里散步，目光所及，皆充满了古朴的意味，白墙黑瓦的老屋，大片葱绿的茶园，恣意流淌的溪水，又或者哪儿也不去，只是坐在屋子跟前的小院里。小院总共十来个平方米，中央种着棵不高也不矮的桂花树。正值桂花开放的季节，可是这棵树上偏偏连一朵桂花都没有了。金阿姨解释道，你不要介意，这是棵雄桂树。阮依琴当然没有介意，她摸着桂花树上粗糙的树皮想，这棵孑然一身的桂花树，多么像自己的影子啊。桂花树下放着块砖头，头一次来这里的时候，阮依琴蹲下身子，竟发现土黄色的砖头上方还刻有“桃花渡”三个字。字呈拱桥形，周围圈有几条精细的云纹。阮依琴不禁有些疑惑，这是谁写的？可金阿姨却说，这里住的都是农民，做活都来不及，哪里会有心思在砖头上写字呢？

阮依琴爱上了白乐村平静恬淡的生活。倘若说，她对这儿的日子还有一丝不满，那便是马凯了。阮依琴搬进白乐村后不久，马凯来了。马凯一见她就劈头盖脸地问，听说你请长病假了？阮依琴正在看那块砖头，阮依琴说，我的事用不着你管。马凯激动起来，好，我不管你。你愿意躲我也好，愿意躲团里的人也好，哪怕你在这儿待上一辈子，我都不管。但你最好问问你自己，躲不躲得过你自己那道坎？阮依琴的心就被刺痛了。

还有一件事，也不得不提。那是马凯来白乐村后的一天，潘志文打电话给她，问她有没有兴趣参加“常青越剧团”。阮依琴不由得愣了一下。阮依琴已经很久都没有跟潘志文联系了，尽管这些年，她是团里的副团长，而他则仍旧负责编舞，但两人的关系也仅此而已了。他俩最后一次联系还是在几年前，潘志文那个患尿毒症的母亲死了，阮依琴去他家里吊唁。除此之外，再无瓜葛。事实上，他们也不能再有任何瓜葛，尽管潘志文这些年来一直单身，但她毕竟已经是别人的妻子了，还能起什么念头呢？潘志文却还在说着，潘志文说，如果你能来就好了，我那正好打算排个新剧。“常青越剧团”阮依琴还是知道的，那是潘志文工作之余组建的业余越剧团，团里所有的成员都是些退休了的越剧迷，大家有事没事就一起练练嗓子，切磋心得，有时还到社区参与表演。阮依琴眼下有的是大把的时间，但她想，这算不算是另一种善意的施舍？更何况，这样一来，不就真的表明自己不能在正规的戏台上唱戏了？所以，阮依琴对潘志文说，不好意思，我没兴趣。潘志文不再勉强她，潘志文说，行，那要是你无聊了，来我这里玩玩。

现在，和阮依琴有联系的就只剩下金阿姨了。金阿姨其实已经不在阮依琴这里做活了，搬到白乐村后不久，阮依琴就试着自己烧饭、洗衣服和搞卫生。金阿姨晓得阮依琴不过是在打发余下的时间，不过她亦没点破。金阿姨常常在下班后来看阮依琴，有时则让阮依琴去她家坐坐。金阿姨的家，就在前面。那是间小得不能再小的平房，七八个平方米的房间里横摆着一张床，四周，衣柜、棉被、板凳等各式杂物几乎堆积到了天花板上。阮依琴很难想象金阿姨就住在这样的房子里，金阿姨却说，不错了，那讨债鬼好歹还留了一块地给我，否则我连落脚的地儿都没了。金阿姨说的讨债鬼是她儿子，据金阿姨说，她老公死后，好不容易才把儿子抚养大，没想到儿子却沾上了赌博，家产全都给败光了。三年前，儿子又因为偷窃被抓进了局子里，就只留下她一人住在了村子里。阮依琴很想安慰金阿姨一番，可金阿姨却说，你觉得我够苦了吧，但是你看，每天新闻里播的那些天灾人祸，哪一桩不比我苦呢？可他们能怎样？金阿姨说着吁了一口气，再怎么样，也得活下去呀。阮依琴有些心疼金阿姨了，她想，自己的事和金阿姨一比，好像真的不算什么了。

# 六

白乐村的初冬显得有些萧条。太阳不温不火地照着小院，也照着小院里的那棵桂花树。桂花树的叶子已经掉落得差不多了，看上去像个古怪的孤老头。阮依琴站在桂花树下看自己的影子，影子长长的，看上去极其消瘦。然后，她看到了一个完全不同于自己的影子正在朝自己走来。请问，你是阮依琴吧？女人说。阮依琴抬起头来，她看到了一个稍显丰满的女人。女人称不上漂亮，却很清秀，长长的黑发在后脑勺扎成了一条细马尾。阮依琴就瞅着那条细黑的马尾，直到女人的声音像一段乐曲落进了她的耳朵里。女人说，我是来请你同马凯离婚的。

很长的一阵子，阮依琴都没有开口。在一片好似永无止境的静默里，阮依琴知道了女人同马凯是在一次下乡采风中认识的。当时，女人还有老公，但那是个从来只知道工作、应酬的男人。也许是因为两人的境遇惊人的相似，他们多少有点相见恨晚的意思。女人很快离了婚，他们说好等马凯这边处理完毕，就开始一段新的生活。可现在，一切都完了。女人的声音低下去了，马凯说他不能撇下一个病着的妻子，不能做那样的混蛋。女人哽咽了，过了好一会儿，她才继续说下去。我不怪他的，我一点都不怪他的。我知道，他是个好人。可我怎么办？我想同他结婚，生活，我还想同他生个可爱的孩子……女人终于把持不住，哭了起来。

阮依琴静静地望着眼前的这个女人，她猛然记起自己同马凯也曾有过一个孩子的。那是她刚同马凯结婚不久，团里正好要排一部戏，她几乎想都没想就把孩子打掉了。马凯是孩子没了一周后才知道的，他只说了一句，你晓不晓得，我是老马家的独子啊。再后来，阮依琴做上了副团长，事业也越发稳定了，但医生却告诉阮依琴，因为长期节食，她的体质已经不适合怀孩子了。如果我硬要怀呢？阮依琴问医生。也不是没有可能，医生说，但你首先要增肥，还要吃中药调理。阮依琴就看了看自己瘦弱的身体，又看了看医生，说，我先吃中药吧。阮依琴开始吃起了中药，但那么多的中药也没能让她怀上个孩子。有一天，马凯一把抢过了阮依琴手里的中药，倒进了马桶。不生就不生吧，没孩子也好过日子的。马凯这样一说，阮依琴便如获大赦，从此，她再也不提生孩子的事了。

女人还在嘤嘤哭着，阮依琴其实也想哭，为自己，也为那个从未见过天日的孩子，但她最后也没能哭出来。阮依琴伸出手，去抚摸女人的长发。女人的发丝很细、很柔，她感到自己被一片温暖融化了，然后，她就在那片温暖中问女人，你爱他吗？女人吃了一惊，但她仍点了点头，说，爱。有多爱？很爱，女人说。阮依琴不再说话了，她把手抽了回来，但她却在心里对自己说，这就够了。

阮依琴跑去常青越剧团找潘志文。常青越剧团排练的地方实际上就是个老年活动室，活动室分上下两层，越剧团租到的是上面那一层。平时，活动室是归社区管理的，周末越剧团要用的时候，里面的乒乓球桌、麻将桌就被挪到一边。现在，阮依琴站在一张麻将桌旁，她看到活动室的中央，中年女人好像在哼唱着什么。她们中的一个忽然停了下来，叫道，这不是阮依琴吗？阮依琴没有理她们，她穿过这些叽叽喳喳的女人，径自走到了潘志文跟前。潘志文正在写字，他写得极其用心，并没有发觉阮依琴的到来。阮依琴就在潘志文的那张纸上轻轻地敲了一下，我演鲤鱼精，你来演张珍，这样的《追鱼》你排不排？潘志文的头抬起来了，他的眼睛里带着迷茫，但他仍旧说，我排，我排。

现在想来，这也许是阮依琴职业生涯中最糟糕的一部戏。所有演员都是业余的，业余的丞相，业余的包拯，业余的天兵天将。潘志文虽是编舞，但他毕竟也不是科班出身，就连阮依琴自己也许久不唱花旦了，所以，合练的时候，整个戏就像是掉了牙的老太太，连说话都是漏风的。但不管怎么样，戏总算是排起来了。戏上演的前一天，阮依琴给马凯打了通电话，阮依琴说，我要演新戏了，你来看吧。马凯没有说来，也没有说不来。阮依琴有些失落，她对着电话那头的马凯又加了句，马凯，你一定要来看。

演出的地点就在小区的公园里。正式演出的那个下午，公园里总共也没几个人，清一色都是小区里的老人，还有一个抱着孩子的少妇。潘志文说，这里不比大剧团，你别往心里去。阮依琴却说，你忘了，我早不是大剧团的人了。然后，阮依琴就在那几个人中寻找马凯的影子，但她把公园的角角落落都寻遍了，也没找着。戏就要开演了，阮依琴只得作罢。她给自己换上了那件玫红色的戏服，开始描眉、扑粉，然后，她对映在那面小小的化妆镜里的自己说，今天，你就是鲤鱼精了。

马凯是在尾声的时候赶到的。他站在离戏台子较远的一张石凳子旁，看阮依琴被一众天兵天将追赶着，打趴在了地上。阮依琴的玫红色戏服看上去已经不新了，头发也散乱了，她就顶着一头乱糟糟的头发唱起来：宁丢千年道行，宁离蓬莱仙境，我情愿忍痛苦，拔下鱼鳞，换一个自由自在身，与张珍生死同命……马凯不觉听痴了。许多年后，当马凯回忆起往事，很多部阮依琴春风得意时唱的戏他都淡忘了，唯独那晚，阮依琴蓬头垢面，好几处高音都被唱破了的形象却在他的脑海里愈加清晰起来。马凯想，自己其实是喜欢听戏的，特别是听阮依琴的戏。只是，这么些年来，那种味道在阮依琴没完没了的排练和演出中溜走了。

马凯还在听着，他像是被定格住了，一动不动地定在了那里，直到他看到阮依琴从台子上下来，走到了他跟前。谢谢你来听我唱戏，阮依琴说。马凯有些局促了，你唱得很好，我说的是真心话。我知道，阮依琴把一张纸塞到了他手中。这是张簇新的纸，马凯接过，看到了上头写的“离婚协议书”几个大字。上回的那张被你撕了，这次的，你就签了吧。阮依琴说着又给了他一支笔。这回，马凯没有去接，马凯说，你今天叫我来，就是让我签字的吗？阮依琴想了想说，也不全是，我是真想让你听我唱戏的。你看，我又能唱戏了，我还能唱好多好多的戏。我这一生，注定是同戏做伴的。

马凯不再说什么，他接过那支笔，写了起来。他写得很费力，几乎每写一笔都要停顿一下，阮依琴没有发觉，马凯的手其实一直在颤抖。马凯终于写完了，他把纸还给了阮依琴，朝公园外走去。阮依琴就看着马凯渐渐小下去的背影想，这个时候，是不是应该哭上一场？但是直等到马凯的背影变成了一个黑色的小点，她也没能挤出一滴眼泪来。阮依琴开始笑起来，她笑得很大声，她想，自己应该笑的，她总算替马凯做了件事。黑点已经看不见了，阮依琴还在笑着，她不知道自己怎么那么能笑的，然后，她看到潘志文走了过来，潘志文说，不早了，我送你回家吧。

那天傍晚，阮依琴没有直接回家。阮依琴坐在潘志文的电动车后座上，说，我想去灵隐寺了，你送我去灵隐寺吧。电动车很快飞驰了起来，穿过杭城林立的高楼，在灵隐寺的大门口停了下来。临近闭寺，游客们正陆陆续续往外撤离，只有大雄宝殿前的那只香炉还静立着，袅袅地冒着烟，整座寺庙便变得空寂了。阮依琴对潘志文说，你在这儿等我吧。然后，她跨过高高凸起的门槛，在那个浑身镀金的菩萨前停住。阮依琴仰起头来看菩萨，菩萨好像也在看着她，菩萨的目光很平和，是那种抚触伤痛的平和。阮依琴跪了下来，她就这样久久地跪在菩萨跟前，直到一个和尚从殿外跑了进来，这儿要关门了，赶紧走吧。阮依琴转身走出大殿，这时候，她看到了大殿旁边竖立着的一块标志牌。牌中央是用隶书写的大大的"隐"字，下方则是一排密密麻麻的小字：月盈则亏，井满则溢。以隐求显，以退求进。阮依琴有种顿悟的意味了，她想，这回，自己是真的放下了。

## 七

这一年的冬天格外漫长。已是四月，风里却仍透着冷意。阮依琴穿着件薄羽绒服，站在桂花树下烧菜。煤气灶上的火正滋滋地叫着，煤气灶是从厨房里搬出来的，很简易的那种。有一次，金阿姨来看她，不免吃了一惊。金阿姨说，你怎么在院子里做菜的？这里多冷啊。阮依琴就笑了，阮依琴说，我不冷的，站在这棵桂花树下，一点都不冷的。现在，阮依琴把肉倒进锅子里，浇上酱油，再盖上，锅子里顿时发出了沉闷的声音。阮依琴坐了下来，然后，她开始了一天里最冗长的等待，等待这锅红烧肉烧熟，还有那个叫潘志文的男人。

潘志文仍在杭州越剧团里上班，周末的时候，他还要去常青越剧团编舞。所以，潘志文的日子更像是白乐村同越剧团之间的两条直线。直线很长很长。有一回，潘志文问阮依琴，可不可以住到他家里去。潘志文的家阮依琴是知道的，不大，但离杭州越剧团很近，走过去才两站路。阮依琴拒绝了，阮依琴说，我只住在白乐村里。潘志文虽是不满，但此后，他便再没有提起过那件事。

那是他们唯一一次意见相左，除此之外，他们的日子总体上来讲，过得简单而安谧。他们常常一起安静地吃好饭，然后去村子里走上一圈。冬天的茶园没了绿色，看起来却别有一番景致。时不时有两条垂着尾巴的黄狗从他们的身边经过，吠上几声，白乐村便更加静谧了。在这样的路上走着，其实是很容易动情的。但是，当潘志文拉着阮依琴的手的时候，阮依琴所感受到的却并不是激荡，而是一种像熨斗熨过衣服似的温热和妥帖。他们偶尔也做爱，是很缓和的那种。事毕，潘志文总要背过身子去睡觉，潘志文说，这么多年，他一个人都习惯了。阮依琴就对着他的背脊，她的手轻轻地抚过他的每一寸肌肤，从潘志文肌肤里传递出来的是一种淡淡的温度。阮依琴一遍一遍地抚着潘志文的背脊，她想，这种淡淡的温度，真好。

锅里的红烧肉烧得差不多了。阮依琴起身去关煤气灶，这个时候，她听到屋子里的手机响了起来。这多少有些猝不及防，阮依琴记起，已经很久都没有人给自己打电话了。手机铃声还在响着，阮依琴进屋去接。电话是柳玥打来的。柳玥问阮依琴，什么时候能回来上班。柳玥的声音，阮依琴过去是很熟悉的，但现在却遥远得好像属于另一个世纪。阮依琴想，自己已经离越剧很远了，尽管她和潘志文天天待在一起，但潘志文从来不提团里的事。阮依琴也很少唱戏，只有兴致来时才唱上一段。这倒并不是因为阮依琴的喉咙会痛，在白乐村休养的这阵子，阮依琴的喉咙业已恢复得差不多了。但她想，生活好像不单单只有越剧的。

阮依琴问柳玥，我回去能干什么呢？阮依琴的本意是，她回去也不能干什么，她现在是想唱则唱，不想唱时是连一个音都不会发出的。柳玥显然误会了阮依琴的意思，她只当是阮依琴还在生气。柳玥说，回来唱戏啊，你病都好了，当然要回来唱戏的。然后，柳玥开始了一段长长的讲述。在柳玥的讲述里，阮依琴晓得黄云伶因为过度注射美容针面瘫了。面瘫了的黄云伶是什么样子，阮依琴想象不出来，在她的印象里，黄云伶只能是漂亮的、不可一世的。但现在，黄云伶却面瘫了。阮依琴本来应该高兴的，但不知怎么的，她最后也没高兴起来，相反的，她心里竟生出一股莫名的悲戚来。阮依琴对柳玥说，黄云伶病了，你应该去找花旦，找我有什么用？柳玥却说，这部戏里的两个主角都是新人，这怎么能行呢？这是要出乱子的。柳玥还说，依琴啊，你别怄气了。赶紧回来吧，你回来了，我也就放心了。柳玥的声音听上去有些苍老，是那种心力交瘁的苍老。

阮依琴把自己倚在院子里的那棵桂花树上，阮依琴倚了好久好久，然后，她看到潘志文正在朝自己走来。潘志文和过去一样，还是瘦瘦高高的，他走过来的时候，阮依琴好像一晃看到了从前。阮依琴对潘志文说，我想同你对戏了，你同我对戏好不好？阮依琴唱了起来：大隐怎的，小隐何来？潘志文听出来了，这段戏出自《追鱼》的最后部分，是菩萨同鲤鱼精的一问一答。潘志文接了上去：小隐随我到南海修炼，五百年后得道成仙；大隐拔鱼鳞三片，打入凡间受苦。阮依琴继续道：小妖情愿大隐，只为那至诚君子——张珍。潘志文还想唱下去，阮依琴却不唱了，她掸了掸衣服，道，菜都凉了，快进去吃饭吧。

那顿饭同平日里并无什么不同。如果非要说有不一样的地方，那就是阮依琴把那碗红烧肉给烧焦了。红烧肉是烧给潘志文的，这些年来，阮依琴已经习惯了不吃肉，不碰油腥，但潘志文喜欢吃荤，所以阮依琴也就依着潘志文的口味炒菜、做饭。不过那晚，面对那碗烧焦了的红烧肉，潘志文只说了一句，烧煳了？阮依琴说，是。然后，潘志文便没有再说什么。他们仍旧安安静静地吃着饭，安安静静地收拾好碗筷，再安安静静地牵手走过村子的那条小路。行至院门口的时候，阮依琴的手忽然撤了出来。她说，我们到此为止吧。阮依琴的表情很认真，看上去不像在开玩笑。潘志文的笑容就僵在了那里，潘志文问阮依琴为什么？阮依琴想了想，说，我想说的刚才都已经唱给你听了。只不过，鲤鱼精选择的是爱情，而我选择的是唱戏。她又加了句，明天，我就要回团里去了。潘志文没有再纠缠下去，潘志文说，恭喜你，阮团长。说完，他挺了挺身子，出了大门。

小院里一片漆黑，白乐村的夜晚连路灯都鲜有几盏。阮依琴就在那片漆黑里，听着潘志文的脚步声越来越小。阮依琴想，说自己不难过，那肯定是骗人的。阮依琴与潘志文之间还没有谈一场惊天动地的爱情，甚至连缠绵悱恻的情话都没讲上过一句。很多年以前，她没能好好地把握住他，很多年后的今天，她依然没能守住他。可是难过了又能怎么样呢？等明天之后，她就是杭州越剧团的副团长，而他不过是越剧团的一个普通编舞，他们之间不会有交集，也不应该有交集。阮依琴对着那个黑漆漆的小院呼了一口气，阮依琴说，潘志文，我曾经爱过你的。没有回音。只有那棵被风刮过的桂花树，孤单地立在那里，发出飕飕的声响来。

现在，阮依琴只剩下一件事情没做了。第二天一早，阮依琴给自己换了身素净的衣裳，去“春江花月夜”看黄云伶。柳玥对阮依琴说，你不去看也可以的，黄云伶现在把自己关在了家里，摆明了谁都不想见。阮依琴却说，我一定要去看的。临走前，她最后看了桂花树一眼，然后，俯身去捡那块土黄色的砖头。砖头还是老样子，阮依琴的手触着那几条云纹，云纹刻得不深，她在上头比画了两下，又去触“桃花渡”那三个字。阮依琴终于摸够了，她从屋里拿出张纸来，把砖头包好，装进了皮包。

“春江花月夜”就在钱塘江边上，这一带也算是杭州有名的豪宅区了，黄云伶的这套房子是赵老板送给她的。那时候，赵老板跟她打得火热，还说要给她拍电视剧，不像现在，赵老板很久都没有开车来团里接她了，那部口头承诺的电视剧也打了水漂。黄云伶已经老了，而满大街上鲜嫩的小姑娘到处都是，赵老板多半是跑到那些小姑娘的怀里去了。黄云伶后来也谈过几个男人，但最终也没谈成，团里的人都说，黄云伶太贪财了，也有人说是黄云伶的名声坏了——名声坏了的女人谁敢要呢？

不管怎样，阮依琴有些可怜黄云伶了。阮依琴站在“春江花月夜”的大门口，一个保安问她，你找谁？之前联系过没有？阮依琴晓得如今的高档小区都要征得主人同意才好进去的，便说，我找黄云伶。保安转身进了保安室，去拨电话。过了一会儿，他出来了。你还是回去吧，她说她不想见你。阮依琴想了想，说，我可不可以借你的电话打一下？保安迟疑了下，同意了。电话是响了很久才通的。黄云伶说，都跟你说了我谁都不见，你不要再打进来了。是我，阮依琴说，是我。阮依琴虽然没说自己是谁，但黄云伶已经分辨出了她的声音。你是来看我笑话的吗？黄云伶说着笑了起来，在笑声里，黄云伶说，阮依琴，你别得意，你我之间，还没有完！阮依琴想，这才是黄云伶啊，敢爱敢恨，敢怒敢言。阮依琴还想，其实，自己并没有想象中那么讨厌她。说到底，她们谁都不是这场战役的胜利者。保安有些不耐烦了，保安说，你打完没有啊？我这里还要工作的。阮依琴就看了保安一会儿，然后，从皮包里翻出那块砖头来。你能帮我把这个转交给她吗？阮依琴说。

## 八

新版《追鱼》是在一个月后首演的。阮依琴站在后台，她看到大幕徐徐拉开了，很多个人头游移在观众席上，很多人在等待着她的出场，等待一段全新的演绎。剧务跟她挥了挥手，阮老师，该您了。她点了点头。人群安静下来了，他们看到张珍正在向他们走来。这是与鲤鱼精山盟海誓的张珍，也是高中状元的张珍，更是之后狠心抛弃鲤鱼精的张珍。新婚之夜，他站在床前，床上坐着他的新娘子，那是金丞相之女牡丹。牡丹头上盖着块大红盖头，她的头微微低垂着。他没有去掀那块盖头，而是在一张桌子前坐了下来。桌子上，一截蜡烛正烧得通红。他就看着那截蜡烛一点一点地小下去，然后，他看到烛光里映出一条鲤鱼精来。鲤鱼精说，张珍，你不应该叫张珍的，你应该叫陈世美。陈世美，你知道不知道的，就是那个为了自己的前途，抛下了结发妻子的陈世美。鲤鱼精说的是对的。他想着，叫了自己一声陈世美，然后，他听到了牡丹嗲兮兮的声音。牡丹说，相公，夜深了，该歇息了。

观众们站了起来，观众们在不停地鼓掌。阮依琴朝台下望去，她看到许多只手在一齐挥动着。其中一双手，她再熟悉不过，那是潘志文的。潘志文极其卖力地鼓着，他整个人都因此而摆动起来。阮依琴的鼻子就酸了，阮依琴想，潘志文其实不该为她鼓掌的，她自己何尝不是另一个张珍呢？阮依琴还想，她这半辈子好像一直都在追着人生，她以为她追的是爱情，没料想，追的却是荣华富贵，她以为自己追到了荣华富贵，到头来，却依旧落寞潦倒……几个女孩跑了上来，她们的手上都拿着一束花。阮老师，您唱得真好。您怎么可以唱得这么真实的，就好像真的是那个张珍。女孩们就这样围着阮依琴，你一言我一语地说着。后来，她们中的一个突然叫了起来，啊呀，阮老师，您怎么哭了？阮依琴的确哭了，阮依琴的眼泪忽地溢了出来，使得她的整张脸都泛上了一层潮湿的味道。阮依琴用手去擦脸上的泪水，可是怎么都擦不完，阮依琴就用那张哭花了的脸对那几个女孩说，我是高兴的，我是太高兴了呀。

那天晚上，等人群渐渐散去，阮依琴没有离开。阮依琴独自一人坐在偌大的戏台上，她突然觉得，这么大的戏台，大概也是会感到孤寂的吧。她还在想着，手机铃声响了起来。电话里，赵老板说，阮小姐，你今天的表演实在是太精彩了，完全颠覆了过去张珍的那个形象啊。像什么来着，哦，对了，《非诚勿扰》。对，就是《非诚勿扰》，宁可坐在宝马车里哭，也不愿意坐在自行车上笑。阮依琴却说，赵老板，我已经不是小姐了，我都快四十岁了，你应该叫我女士的。赵老板就在电话里哈哈大笑起来，阮团长就是幽默啊，我叫你阮团长总没错吧。赵老板又说，你现在在哪里，我过来接你，我们一起去雷迪森酒店喝杯酒，顺便谈谈怎么把你这部新戏改拍成电视剧。阮依琴想了想，说，那你就更不应该找我了，我老了，电视剧这种东西不比越剧，说到底，人们要看的还是年轻的面孔。你这话就错了，赵老板并不罢休，依我看，阮团长你就好比酒里的女儿红，那是年代越久，酒味越醇香……阮依琴不想再听下去了，赵老板，女儿红只有给懂它的人喝，才会是香的。阮依琴说完，就挂断了电话。

此刻，阮依琴真想喝酒了。阮依琴想，自己其实是想喝酒的，只是不想同赵老板喝。阮依琴去办公室里拿红酒，过去她排练累了的时候，偶尔也会来上一杯。阮依琴给自己斟满，饮尽，再斟满，再饮尽。阮依琴就这样一杯接着一杯地喝着，然后，她感到自己的手臂被一个男人扶住了。那是个瘦瘦高高的男人，男人轻声对她说，别喝了，再喝就醉了。阮依琴举着杯子的手就停住了，阮依琴说，潘志文，你为什么要对我这么好？你不是应该恨我的吗？潘志文没有回答，潘志文说的是，我送你回去吧。阮依琴把杯子放下，我想去白乐村了，带我去白乐村吧。阮依琴说。

白乐村还是老样子，同过去没有任何不同。阮依琴摸黑走进小院，走到了那棵桂花树下。屋里没有人。阮依琴之前付了半年的租金，退房的时候，金阿姨一再表示要把多出来的钱退还给她。阮依琴没有要。阮依琴的意思是，这事就别再跟金阿姨的亲戚讲了，索性把这房子整理下，租出去，还好再赚点钱。金阿姨却死活都不肯，金阿姨说，你不住在这里，我怎么好收你的钱呢？你真要不收，那也行，我就不租出去了，说不定你以后还要回来住的。阮依琴拗不过金阿姨，只好由着她，但她心里却是有数的，她想，自己大概一辈子都不会再到这里来了。

可现在阮依琴又回来了。阮依琴站在桂花树下，她感到酒精正在她体内肆意地横行开来。阮依琴的头越来越涨了，她觉得自己好像随时都会栽倒下来。阮依琴真的就倒了下来。黑暗中，阮依琴看到了一个渡口。渡口上，好多古代装束的人正往河对岸走着。在厚重的雾气的笼罩下，那些人就好像在仙境里走着，缥缈而自在。阮依琴想，这是不是就是桃花渡？阮依琴想去河对岸了，她拼命地想要爬起来，却怎么都爬不动。她感觉自己的脚被一块石头绊住了。阮依琴低头去搬那块石头，石头很重，她好容易挪开一个角。这时候，她才发现，那其实不是石头，确切地说，它是块墓碑，吴风梅的墓碑。墓碑上，吴风梅还在笑着。吴风梅的下边是“阮依琴”三个字，细细长长，歪斜地刻在上头。阮依琴一惊，酒意立马就散去了几分。她睁开眼，看到潘志文正在使劲地摇她，依琴，你醒醒，你怎么啦？阮依琴推开他，勉强站了起来，她走得东倒西歪，但还在死命地往前走，往前走……

这时候，不远处，灵隐寺的钟声仿佛响了一下。

# 在长乐镇

# 一

如果在唐小糖的对面放上一面落地镜，那么唐小糖就能瞥见自己半倚在木窗框上往下望的模样，像极了老底子流行画报上的女明星。这些女明星一律大眼睛，长睫毛，略带轻佻地站在那里，似笑非笑。唐小糖的眼睛，如果仔细去看，其实是不大的，但几乎所有看到过她的人都把那张脸幻化成了那双眼睛。那是双杏仁眼，唐小糖不说话的时候，总是半睁半闭的，就好比现在。这样一来，唐小糖留给人的印象就显得迷离而深邃了，唐小糖就像一只猫。

长乐镇上的人对于这只猫知之甚少。所知道的也不过就是唐小糖是个外乡人，后来嫁给了镇上一个叫郭一鸣的男人。唐小糖不太爱讲话，不太爱讲话的唐小糖在自己和镇上的人之间画上了一条线，这条线使得她可以很安静地站在木窗框旁看外边的马路，不用担心底下突然冒出个人来同她牵扯东家长、西家短；或者很安静地走完镇上所有的小路，即使迎面碰上个所谓的熟人，也就是点一下头的工夫。

这种安静同她过去的工作很不相称。有一段时间，唐小糖曾在镇上的供销社里卖衣服。供销社虽还叫供销社，但早就让人给承包了，因此，所有衣服的销量是要唐小糖她们做出来的。郭一鸣不止一次问过唐小糖，就你这样不吆喝，不拉客的，也能卖动衣服？唐小糖就用她那半睁半闭的眼睛盯着郭一鸣，唐小糖心里想的是，卖不动或卖得动有什么关系呢？她不过是想找点事情做，好打发余下的一大半时间。可是，唐小糖什么也没说。

郭一鸣很快便发现自己错了。唐小糖不但做得很好，甚至游刃有余。刚开始是路过的几个女人发现了新站在柜台边的唐小糖，当时，唐小糖披着一件蓝黑格的呢子大衣，呢子大衣让本来有些慵懒的唐小糖多了几分英气。唐小糖听到了女人们叽叽喳喳的声音，她们在问她，大衣是不是呢料子的？哪里买的？她们还在问，可不可以让她们也穿一下试试的？唐小糖看着像麻雀一样雀跃的女人们，说，在杭州买的。女人们懊丧的表情一下就上来了，杭州啊，那太远了。另一个女人也嘟囔道，杭州的东西很贵的。事实上，杭州的东西是不贵的，镇上的很多东西都是从杭州的小商品市场里批发来的，提高价格，再卖给这里的人，杭州的东西又怎么会贵呢？不过，从镇上到杭州要四个小时的车程，再加上来回的花销，还不如去近一点的余杭，余杭也有批发市场，也有百货大楼，比杭州小得多的百货大楼。就是唐小糖自己来镇上快四年了，也只去过一次杭州，那还是和郭一鸣谈恋爱的时候，郭一鸣去杭州出差，她也跟去了。也就是那次，郭一鸣破天荒给她买了件礼物，说是当结婚礼物送给她的，也就是这件蓝黑格的呢子大衣。

如果不是供销社的陈经理发现了唐小糖这块好料子，那么，唐小糖可能是会卖不出一件衣裳，然后，灰溜溜地被赶回家。但那天的情景恰好叫陈经理撞见了，陈经理刚从外头回来，他看到了一个宛若上海女人的女人站在他的店里。在陈经理很小的时候曾看到过这种女人，她们被装在了一个个黑白屏幕里，烫着长波浪卷，穿着考究的呢子或是貂皮大衣，招摇地在街上晃来晃去，她们似乎是缥缈的、虚幻的，和他永远都不会有任何交集。他就这样直愣愣地看着这个叫唐小糖的新来的女人，看她被三四个女人围着，她们在问她，你这件衣服是哪里买的？

等女人们散去后，陈经理对唐小糖说，唐小糖，你其实应该做模特的，你要是做模特，一定会是顶顶美的模特。后来，唐小糖就真的成了供销社的模特。她不用说话，只要把样品往身上一穿，镇上的好多女人便会往供销社里看一看，这一看，就再也不能空着手回家了。唐小糖变得忙碌起来，她总是不停地换装，供销社的衣服现在都从杭州东站小商品市场直接进过来。昨天，她还是清新的、温婉的少妇，今天就又在紧身衣的包裹下，成了一个风情万种、挑逗男人欲望的女人。镇上于是流传开一句话，唐小糖穿着新衣服，就轻轻松松把钱给挣了。

陈经理的日子也变得忙碌起来，他在日光灯底下不停地点钱，他总是会抽出其中的几张，塞给唐小糖，小糖，这个月你的奖金。唐小糖便接过那几张钱，用有些生硬的语气说声，好的，经理。陈经理的神经就不自主地抖那么一下，陈经理想，唐小糖好像不应该用这种语气对自己说话的，至少在拿钱的时候不应该。该有什么语气呢？陈经理后来也没想出个所以然来，但是他想，如果唐小糖能那么嗲一下，肯定会是只狐狸精。陈经理这才明白，自己是希望唐小糖朝自己嗲一下的。可唐小糖偏偏不嗲，因此唐小糖就不像狐狸精了，顶多是只猫，一只让人喜欢了又不敢接近的猫。

陈经理在思考这些问题的时候并不知道，他所臆想的这只猫就坐在家中的那把椅子上，把票子一张一张地拿出来，又一张一张地放在一个信封里。信封有点厚了，唐小糖把信封合上，再放到抽屉里。在接下来的很长一段时间里，它们只是一沓印上了花纹的纸，与她并无多大关系。在去供销社上班前，家里的日常开销都是郭一鸣一个人供的。郭一鸣的收入在镇上称不上顶尖，但也中等偏上，因此生活还算宽裕。过去，唐小糖还会向郭一鸣要部分零用钱，那是她用来买几件衣服，或几样配饰的。郭一鸣有时便会说上她几句，郭一鸣说的是，过日子，其实是不需要那么多的衣服的。唐小糖便用她那半睁半闭的眼睛瞟窗外，唐小糖想，过日子也许是不需要那么多的衣服的。可是，不买衣服的日子，还可以做些什么呢？所以，郭一鸣说归说，唐小糖照旧买。

直至去了供销社，唐小糖的买衣服生涯才告一段落。唐小糖变得每天都有新衣服穿，每天都很忙碌很忙碌，但这种忙碌并没有使她快乐多少。在一次次地穿上又脱下中，唐小糖突然觉得自己真的成了摆设在柜台里的人造模特。所以，当郭一鸣告诉她家里的生活费仍旧用他的时，唐小糖就把钱一张一张地装进一个信封，然后再尘封进抽屉，就像是尘封一段无人问津的历史。唐小糖想，自己大概是不需要钱的。

## 二

在很长一段时间里，唐小糖迷恋上了家门口的那条马路。她总是把半个身子倚在那木制的窗框上，从她所在的二楼往外张望，可以看到许多装着货物的大货车、卡车、面包车，乃至拖拉机碾轧过摇摇晃晃的长乐桥，再开向远方。

长乐桥已经很老了，唐小糖还记得她第一次踏上这座桥时，脚下是跳跃的冒着泡的溪水，两岸边，芦苇正在疯长。一辆接一辆的货车正从她背后驶过，扬起一串灰尘，呼啸着离开。唐小糖就站在漫天飞扬的灰尘里，她想，自己一定是喜欢上了这里，这个和老家截然不同的充满了喧哗与骚动的小镇。

唐小糖的老家在诸暨，整个村子方圆五百里都被一个叫白塔湖的湖水给包围了。白塔湖的水很清，村子里的人就在水里养鱼，养虾，养珍珠，唐小糖家就承包了一片水域，用来养鱼。村里的人几乎都会划船，船是石头做的，划起桨来很费力。在白塔湖里划桨养鱼的唐小糖就想，这是个多么静谧的村庄啊，静谧得连船桨划过了的水都是悄无声息的。在这样的静谧里，唐小糖觉得自己快要窒息了。在一个白塔湖里的鱼儿发疯似的产卵的季节里，唐小糖背上了行囊，对家里人说，她要走了，去很遥远的远方。唐小糖说的远方，其实是在北京，唐小糖的一个表姐在那里打拼，据说她赚了老多老多的钱，过上了白塔湖村里人怎么也想象不出来的生活。唐小糖想要去投奔她。

想去远方的唐小糖却在途经的小镇上留了下来。从地图上看，长乐镇距离白塔湖不过才半只蚂蚁的距离，它们都隶属于浙江，坐上大巴车，也不过两天的时间。如果不是因为唐小糖路过长乐镇的时候，恰好接到了那个电话，唐小糖怎么都不可能留下来。电话是从家里打来的，他们告诉唐小糖，她在北京的表姐被抓了，唐小糖这才晓得表姐做的那个行当叫坐台。

唐小糖一下就变得无处可去了，当然，她也可以回家。但是，唐小糖不想回家。然后，漫无目的的唐小糖就从大巴车上下来，她看到了一座旧得不能再旧的桥。桥上，无数的大型货车正飞驰而过，一辆接着一辆。唐小糖忽然就喜欢上了这个小镇，她想，自己算不算是这些货车的其中一员呢？这样想的唐小糖就在长乐镇留了下来，就像停泊在了一个令她安心的驿站。

很久以后，那是在唐小糖嫁给了郭一鸣后了，有一回，唐小糖仍像过去那样注视着楼底下的那条马路。很多粒灰尘滚落到了货车轮子底下，很多粒灰尘弥漫在了楼底下的柏油马路上，又有很多粒灰尘飘浮到了二楼的木头窗框上，像微型的皮影戏在唐小糖的跟前跳动。唐小糖很想伸手去抓它们，然后，她听到了郭一鸣的声音，郭一鸣在问她，唐小糖，你吃灰尘吃得还不够啊？

唐小糖没有理会他。唐小糖想，灰尘有什么不好的，想飞的时候就飞，想落的时候就落，了无牵挂，做人有时候还不如灰尘。但唐小糖什么也没说。也就是那时候，唐小糖突然发觉，长乐镇其实同她待了二十年的那个白塔湖村没什么不同。镇上的人说的还是那些话，谁谁谁家的孩子考上大学了，谁谁谁家的女儿嫁人了，最多是方言上略微有些区别；做的也无非是那些事，男人在外头赚钱，女人在家里带孩子，只不过长乐镇没有湖，长乐镇上的人主要靠种田，种茶叶。就连那些她曾经为之驻足的货车，也与这个镇子无半点牵连。它们在楼底下的这条马路上来来往往，匆匆而过，谁也没有为这个镇子停留片刻。唐小糖变得沉默了，她把窗子合上，就像临街的其他住户那样，他们和郭一鸣一样，讨厌汽车喧嚣的声音，也讨厌漫天挥洒的灰尘。然后，不再看窗外的唐小糖开始出入供销社，干起了一个叫模特的行当。

不过现在，唐小糖已经从供销社辞职了一阵子，并又重拾起了她的嗜好。眼下正是仲夏，天变得澈蓝而宽阔，透过窗户，唐小糖能望见长乐桥下浅浅的溪水。溪水流得缓慢，无力地穿过大小不一的石头。桥的那头有很多家店铺，理发店、杂货店，阿凯的修理行就在其中。唐小糖眯起眼睛，努力地想要看看最那头的阿凯修理行的店门有没有开。她眯了半天，终于确定门是关着的。她有些失望，又看了一眼坐在写字台前的郭一鸣，说，我要去菜场买点菜。郭一鸣在写一篇论文，他头也没抬一下，郭一鸣说，好的，顺便买点鲫鱼回来，菜场的头一家，他那里的鲫鱼好，从余杭现运来的。唐小糖就去厨房里拿袋子，唐小糖拿袋子的时候，脑子里闪过一个念头，在郭一鸣的心里，自己是不是还不如一篇论文？郭一鸣的嘴里从来都是论文啦，业绩啦。但只要郭一鸣稍微敏感一点，那么她是不是就不可能去菜场买菜，当然也就不可能见到阿凯。这么一想，唐小糖的步子就变得轻盈起来，她走得很快，差不多是小跑着前进的。热风吹过她的亮黄色碎花裙，裙摆被风吹得飘了起来，她感觉自己像是在飞。

唐小糖到达阿凯修理行时，修理行的卷闸门已经开了，几辆摩托车横七竖八地停着，轮胎、零件、螺丝刀随处可见。唐小糖在空当中穿梭，很快就来到了阿凯的背后。阿凯，她唤道。阿凯正端着个塑料盆接水，一回头，水盆里的水便溅了一地。唐小糖接过水盆，看到阿凯浮肿的下眼圈。昨天又通宵了吧？阿凯嗯了一声，把话题岔开了。你今天怎么来了？他不在家？在家，唐小糖说得很轻。那你还来？阿凯说着朝店门口瞄了一眼，除了店门口孤零零立着的梧桐和梧桐树上刚捕捉到一点热气正放声嘶喊的蝉外，什么也没有。放心吧，我进来前就看过了，没人。阿凯却仍起身去关门，一瞬间，卷闸拉下的巨大的声响盖过了铺天盖地的蝉叫，修理店倏地暗了下来，他们在一片昏暗中搂抱、亲吻。阿凯的舌尖肆意地舔着她的嘴唇、脸颊乃至脖颈，唐小糖能听到他粗重的呼吸声，像某种热浪似的轻抚在她的每一寸肌肤上。然后，呼吸声渐渐趋于平缓，昏暗中，唐小糖听到阿凯对自己说，他得干活了，有两辆车中午就要过来提。阿凯说着去开白炽灯，灯光照得唐小糖更热了，她这才发觉自己全身都是汗涔涔的。她把店里的电风扇调到了最大挡，再坐到修理行的一角，看阿凯修车。

阿凯也热坏了，阿凯索性脱掉汗衫，对着电风扇使劲吹，但汗液仍不断地从他的胸前渗出来，滴滴答答地往下淌。汗渍使得阿凯的皮肤看上去泛了层光，是那种很健康的小麦色的光。唐小糖看到阿凯结实的胸脯起起伏伏，他一会儿低头去拆轮胎，一会儿拧紧螺丝，她就这样贪婪地享受着她一个人才能享受的画面，直到实在不能再待下去了，她才起身离开。

## 三

唐小糖是拎着一条小鲫鱼赶回家的。镇上的菜场收摊收得很早，往往还没到中午，菜场就变得空荡荡了。唐小糖到菜场时，差不多就是那种情形。她看到头一家卖鱼的女人正在往外倒水，鱼基本卖光了，只剩下一条手掌大的鱼，在水里孤独地游着。这种鱼一看就是被挑剩的，但女人却说，不要看这条鱼小，筋骨是绝对好的，你看看，游得多起劲。鱼好像听懂女人的话似的，又摇摆着兜转了一圈。唐小糖便把它买了下来，她琢磨着，有总比没有的好。

回到家，郭一鸣已经在煲汤了。郭一鸣很会煲汤，家里还有个他专门从市场里淘来的煲汤用的瓦罐。往瓦罐里装上食材，先旺火煮沸，再文火慢煨，这般做法谁都晓得，但每每就会在慢煨的当口上失去了耐心。但郭一鸣不会，他能一直守在煤气灶旁，看着瓦罐里的水沸腾，再缓缓呈现出乳白色，然后，汤底特有的香气在整个家中四溢开来。唐小糖后来回想，郭一鸣在煲汤上所显出的耐力是不是也同他的工作有关？

郭一鸣是镇上的妇科医生。唐小糖还记得自己第一次见他，他戴一副金丝框眼镜，金丝框眼镜把他本就白皙的脸映衬得更加白嫩了。唐小糖觉得郭一鸣不像个医生，特别是妇科医生，郭一鸣更像是从古代穿越来的白面书生。所以，当郭一鸣问她哪里不舒服时，她就敷衍着说了句，痛经。唐小糖确实有痛经，每个月的那几天，她都觉得下身胀鼓鼓地直发坠。几句话后，郭一鸣给她开了个药方，又叮嘱她过段时间再来看看。她接过，匆匆结束了就诊。唐小糖盘算着先吃点药试试，下回再换个医生，没想到，药效竟出奇之好。唐小糖从此就成了郭一鸣的常客，郭一鸣说，唐小糖，你应该多吃点益气的东西，比如红枣、山药都是很好的。唐小糖点点头。郭一鸣又说，唐小糖，你红糖、蜂蜜有没有的？备点，来例假的时候好吃。唐小糖的心就被一种叫红糖和蜂蜜的东西包裹了，唐小糖想，同这个男人在一起，自己是不是就不用担心妇科疾病了？

唐小糖猜中了一半。结婚以后，唐小糖发现，妇科大夫郭一鸣能治好她的痛经，却治不好她的心。她瞥了眼桌子上的玻璃杯，杯子里盛了大半杯白开水。水是郭一鸣倒的，每天起床后，郭一鸣都会给自己和她倒上一杯。白开水解毒，早上空腹喝效果最好，他总是这样说。可郭一鸣从来没问过她爱不爱喝白开水，这寡淡无味、一成不变的白开水。他甚至不知道每天一等他去上班，她就把水给倒了。

此刻，白开水仍静静地待在玻璃杯子里，唐小糖就朝着白开水叹了口气。然后，她听到郭一鸣的脚步声，郭一鸣端着瓦罐出来了。是鲫鱼煲豆腐。鲫鱼的肚子并未露出，倒是头和尾巴两端在奶白色的汤中翘起，有些扎眼。鱼是少许煎过的，因而表皮泛上了一层金属色，豆腐大部分都沉下去了，只几块浮在上头，伴着零星的葱花。我刚刚出去了，顺道就买了条。郭一鸣说道。是条大鱼，唐小糖注意到，比她买的足足大了一倍。唐小糖把塑料袋打开，袋子里的水装得本来就不多，一路上又洒掉了点，那条瘦不拉几的鱼就在半干涸的塑料袋子里乱蹦乱跳。我去晚了，只买到这条。唐小糖有些心虚，脑袋里胡乱地思忖着，如果郭一鸣问她去了哪里，她该怎么回答。但郭一鸣什么也没问。这鱼真小，她更像是在跟自己解释，反正也不吃了，不如先养起来。唐小糖转身去拿塑料盆，又灌上水，鲫鱼进了水里，颠了几下，随即安静了。

他们开始吃饭，彼此再无对话。唐小糖夹了块鱼肉，嚼了几口，仍旧没多少胃口。唐小糖便想，人一旦没了心情，就是吃上山珍海味也是无味的。他们就这样静静地吃完这顿饭，然后，唐小糖开始收拾碗筷。她把脏碗一个一个地叠起来，又去收那两双筷子。突然，毫无征兆的，她收筷子的手停在了半空。在一片静默里，唐小糖问郭一鸣，你到底喜不喜欢我？郭一鸣正在看报纸，他架了下金丝眼镜，反问道，这有意思吗？房间再次静了下来，是比之前更甚的那种静默。唐小糖拧开水龙头，从水龙头里流出白花花的水，漫过了那几只叠起来的碗，又漫过了不锈钢水槽。在似乎永无休止的哗哗声中，唐小糖的眼前浮现出那张轮廓分明的脸，赤膊的阿凯像某只雄壮的动物压在她的上头。在一次次的交媾中，唐小糖听到阿凯低沉而有力的呐喊："我爱你，我爱你……"

## 四

唐小糖和阿凯是在去年冬天认识的。那时，唐小糖还是供销社的模特。某个下午，她无意间发现内裤上多了几丝褐色的滑兮兮的东西，她以为快来月经了，并没在意。没想到这东西一流就流了十来天，且每天都只流一点点。唐小糖开始慌起来，她跟陈经理请了假，去医院找郭一鸣。郭一鸣想了想，对唐小糖说，可能是先兆流产。半个多小时后，郭一鸣的猜测得到了证实。在遍布一串串密密麻麻符号的检查报告中，唐小糖看到两个向下的箭头标识，上面分别写着孕酮和 HCG。

简单地说，就是雌激素不够。当然，郭一鸣顿了顿，道，也有可能是孩子本来就不好。你看，这个 HCG 就好比是孩子的细胞在不断地分裂，分裂得越快，也就代表孩子长得越健康。反过来，孩子就可能会是死胎、畸形。郭一鸣更像是分析师，而不是孩子的父亲，唐小糖想，医生做久了，大概是会麻木的。她听累了，就打岔道，还有希望吗？这不好说，如果孩子本身好，孕酮上去了，HCG 也会跟上去，但如果本身不好……郭一鸣看到唐小糖的眉头蹙了下，没有说下去。

那个下午，唐小糖坚持一个人回家。郭一鸣说，等我下班，我陪你回去，但唐小糖没有等他。她独自走出医院，穿过长乐桥，进了供销社，对着陈经理说她要辞职。陈经理正站在柜台边同人聊天，他的笑容就僵在了那里。然后，唐小糖就听到陈经理没完没了的絮叨。陈经理说，唐小糖，你不可以走的。你走了，我生意还怎么做？陈经理又说，你是不是嫌钱少，如果你嫌钱少的话，我可以再加你的。唐小糖就笑起来，咯吱吱，咯吱吱，唐小糖觉得自己从来没笑得那么痛快过。她终于笑够了，半眯起双眼对着一脸诧异的陈经理，我不要钱，我不要钱的。你要是真想给我的话，就给我那条裙子吧。唐小糖指了指右前方的柜台，顺着她指的方向，陈经理看到了一条亮黄色的碎花连衣裙，是新到的货，连包装袋都还没来得及拆。很多年以后，即便陈经理已不再是陈经理，而是别人口中的陈董，他把供销社变成了镇上第一家超市，又在镇上新开了更大、更好的百货大楼，他也依然没有忘记这个有着一双杏仁眼的女人的背影，娉娉婷婷，像一只蝴蝶消失在供销社门前的那条柏油马路上。陈经理想，唐小糖一定是只蝴蝶，一只有着碎花纹的亮黄色蝴蝶。

唐小糖开始整日整夜地躺在床上。郭一鸣会在中午抽空回来给她弄饭菜，有时他亲自烧制，有时则是医院食堂的大锅饭。除了吃饭时，唐小糖会从床上爬起来，其余时刻，她就一直躺着，躺得她的腰板都快断了。唐小糖还吃一种叫黄体酮的药，郭一鸣告诉她，如果一段时间后孕酮没有增加，就改用针剂。她想，打针就打针吧，只要能保住孩子。唐小糖将交叉的双手轻轻按在肚子上，她能感受到光滑的肌肤，还有伴着呼吸的均匀的起伏。某种奇特的感觉便涌了上来，尽管她什么也没感觉到，但某个生命确实扎根在她的肚子里了。之后，这个生命会不断分裂、长大，直至与她剥离。唐小糖突然有些感动，为自己，也为肚子里的这个孩子。她想，这是她的孩子，是属于她的，唐小糖原本波澜不惊的日子忽然就变得荡漾了。

唐小糖在床上躺了近一个月，打针、吃药，孩子终究还是没能保住。B 超检查出孩子的心跳已经没了，而且 B 超室的医生告诉她，由于她的子宫壁很薄，恐怕很难再怀上孩子。孩子总会有的。从医院回来，郭一鸣安慰道。他以为她会哭得稀里哗啦，没想到，唐小糖只说了句，我饿了。郭一鸣就给她去烧饭、做菜，然后，唐小糖爬起来，吃了一碗又一碗。郭一鸣说，唐小糖，你不要这样，你想哭就哭好了。唐小糖却说，孩子已经没了，哭又有什么用呢?

唐小糖的时间变得冗长起来。每天，她都看着太阳透过木制窗户，斜斜地照到她的床上。她就坐在床铺边，看着那些太阳光，还有太阳光里自己斑驳的影子。她边看边想，这是一个多么孤独的影子。她还想到，她头一次来到这个镇上的时候，她年轻而骄傲的脸，现在已经模糊不清了。更多的时候，唐小糖就对着窗户外的马路发呆。一辆卡车过去了，又一辆卡车过去了，好像永远也开不完。可唐小糖清楚，这些都不过是假象，只有到夜半时分，长乐镇才显露出它的真面目来。整条马路空荡荡的，白天飞奔过的卡车早已停在了别的地方。唐小糖就想，这是一条同她一样孤寂的马路，铺在一个同她一样孤寂的小镇上。

唐小糖重新迷恋上了这条马路，她不厌其烦地趴在木制窗户上朝下望，白天望完了，晚上再望。有天晚上，郭一鸣值夜班，毫无睡意的唐小糖听到从空荡荡的马路上传来的剧烈的轰鸣声，是改装过的那种马达，由远及近。路灯下，一辆火红火红的摩托车疾驰而过。摩托车上的男人弓着腰，下半身立起，风吹乱了他及肩长的火红色头发，那些火红色的发丝就在他脸旁胡乱地飞舞，以至于除了昏黄的灯光映照下的他那古铜色的侧脸，她什么也没看清。摩托车开了很远以后，唐小糖还呆呆地杵在那里，她想，那是个多么跃动的颜色啊，跃动得仿佛是在燃烧他的生命。

在漫长的冬天快要结束的当口，唐小糖有了件可做的事，她靠在二楼的木制窗口上，等待一个骑着火红色摩托车的男人的出现。她看到男人从楼底下的马路飞奔而过，又匆匆离去，然后在桥的最那头的一家店铺外停下。唐小糖的目光就随着男人在那家店铺进进出出，她看到男人进去了，旋即又出来了，手里多了个扳手，他在修一辆黑漆漆的摩托车。唐小糖的神经便像发烧似的颤动起来，她在心里一遍一遍地对自己说，我要去看看，看看那个像风一样的男人。

唐小糖换好衣服，出了门。冬日里和煦的阳光涂在她的脸上、头发上，以及那身蓝黑格的呢子大衣上，一种久违了的温暖让她有点想哭。她穿过长乐桥，经过一家家店铺，最后在最那头的店铺门口停下，她看到店门口新漆的几个火红色的大字“阿凯修理行”。唐小糖在心里默念了一回，又折回去。阳光依旧和煦，在温热的阳光下，唐小糖用一枚钉子猛扎她那辆亮黄色自行车的轮胎。破了洞的轮胎立马就瘪了，唐小糖就拖着这辆破车，穿过长乐桥，来到了阿凯修理行。她用她那双杏仁眼盯着阿凯，问道，能不能修下她的自行车？阿凯想了会，说，可以的。

那天下午，阿凯花了很长时间帮唐小糖修车。阿凯的手不停地忙活着，拔钉子、补胎，再固定。终于补好了，阿凯把自行车推到唐小糖面前，他拍了拍车上的坐垫说，这下绝对没问题了。阿凯的眼睛却在唐小糖胸前停了下来，透过蓝黑格的呢子大衣，阿凯看到里面的两只小兔子正在急遽地跳动。唐小糖没有躲开，她盯了阿凯好长时间，然后长吁了一口气，说，我是有老公的。阿凯说，那又能代表什么呢？唐小糖想，阿凯是对的。

## 五

不久以后，唐小糖发现，阿凯修理行其实是不修自行车的。修理行只修摩托车、汽车，或者帮一些发烧友级的玩家改装车辆内部的装置。阿凯自己就是个发烧友，他换过的摩托车不下十来辆，现在这辆火红色的摩托车也是改过又改才变成现在这样的。唐小糖就想，那辆自行车当真是他们的定情信物了。她把自行车擦得锃亮，在好多个郭一鸣值夜班的晚上，她就骑着自行车一趟趟地奔波在桥这头和桥那头。

和阿凯在一起的夜晚总是过得特别快。有时，阿凯会带唐小糖去镇上的录像厅。录像厅不大，也就七八十平方。唐小糖从前只去过镇上的那家电影院，椅子很老了，是那种木板椅，几个男人和女人的影像在长方形的屏幕上晃来晃去，她就坐在木椅子上看，直到郭一鸣有节奏的呼噜声响起，她才决心推醒他，并转身离开。从那以后，唐小糖就再也没去看过电影。但是录像厅不同，尽管从设施上看，并不比电影院高档到哪儿去。但是每每走进这儿，就会有一种莫名的悸动。首先是厅里的灯光很暗，除了大屏幕上放映的那丁点儿光线，录像厅里几乎没有别的灯光。唐小糖注意到，即便是散场了，录像厅里也不点灯。所有人都摸着黑进来，又摸着黑出去，谁也不看屏幕上播放的内容。有一回，唐小糖仔细看了下屏幕上的画面，是个丰腴的女人，女人的上半身裸露在那里，能清楚地看到她那两个圆润的奶子，唐小糖的脸就有些发烫。阿凯却说，这种东西是给光棍们看的。唐小糖晓得他说的光棍，就坐在录像厅的前几排，一般是三五个男人一齐过来，看到某些暴露的部分，就群体性地嘘上几声。但像唐小糖他们这样的则不同，通常都坐在后面的小包厢里，说是包厢，其实也就是隔了几块木板。但这么一来，彼此就显得私密了，谁也管不着谁。有时，阿凯和唐小糖正进行着，唐小糖就听到从隔壁传来的咿咿呀呀声，像是某种挑衅。唐小糖便顾不得那么多了，她对阿凯说，再用力点啊，再用力点啊，她开始叫起来，她的整个身体都像要被阿凯摇散架了，也就在这时，她感觉体内的某种东西正在一泻而下。后来，她听到阿凯搂着她的细腰肢说，唐小糖，你怎么那么会叫的。你上辈子一定是只猫，一只天天都在发情的野猫。

更多的时候，唐小糖会去看阿凯赛车。赛车的地点在镇子外的一条小路上，这是个很长的斜坡，坡度又陡，快到终点时，会有一个骤然急转的拐弯。唐小糖还记得她头一次去看赛车，老远就看见一群人，大多是男人，头发染上了黄色、栗色，也有挑染成蓝色的，有几个男人还戴着耳钉，立在摩托车旁。还有几个女的，一看就知道还在上学的年龄，也不管天气有多冷，一律穿着迷你裙，绑一根马尾辫，她们是来充当啦啦队的。唐小糖和阿凯走过去的时候，她听到其中一个男人朝她吹起了口哨，阿凯白了他一眼，说，想都别想。唐小糖的手就紧紧拽住阿凯的胳膊，幸好，他壮实的胳膊让她有了些安全感。其实，唐小糖更担心自己会被认出来，她怕有人会冲着她喊，你是不是妇科大夫郭一鸣的老婆？

事实证明唐小糖的担心是多余的，谁也没有认出她来。先是马达发动的声音，紧接着是人群，人群闹哄哄的，跟着摩托车跑出了很远。唐小糖没有动，她站在原地，等候着阿凯的归来。二十来分钟后，她看到阿凯回来了，冲在最前头。他像某个凯旋的将军，双腿也立了起来。再后来，她看到阿凯被人群围住了，那几个穿迷你裙的女孩子在给他递饮料和毛巾，中间一个高挑的女孩好像还凑过去跟他说了些什么。唐小糖便有些嫉妒了，倒不是因为他俩过于亲昵，而是因为那一瞬间，她感到了自己的格格不入。她想年轻真好，可以疯，可以痛，可以歇斯底里，可她已然不再年轻。

那天晚上，阿凯用他那辆火红色的摩托车载着她去了老家径山镇。径山镇距离长乐镇不远，那是个更往里更偏僻的小镇。整条山路盘旋而上，每过几百米便是个拐弯，阿凯的摩托车就在一个接一个的拐弯中飞快地擦身而过。唐小糖紧紧地抓住阿凯的后背，她能想象，无数个日子里，阿凯就是这样狂奔在这条路上，阿凯就像个追风少年。她还想到，开惯了这条盘山公路的阿凯，又怎么会把长乐镇上的那条小路放在眼里？

路开了一半，车子开始加速了，唐小糖有些害怕，她把整个身子都伏在他的后背上。她对着阿凯叫起来，阿凯，你可不可以慢一点？阿凯却开得更快了，整个摩托车都像是悬浮着往前进。阿凯说，不这样，你又怎么会抱得我那么紧呢？唐小糖就轻轻地在阿凯的背后扭了一下，也就在这时，摩托车停了下来，阿凯从车子上一跃而下，对她说，到了。他说着伸出手来抱唐小糖。

他们所在的地方并不是径山顶，阿凯说，山顶上就一破寺庙，没什么可看的。即便如此，他们在的位置也算极高了。从所在的地方往下俯瞰，能瞧见来时的公路，一圈一圈盘绕而上。路两旁是大片的竹林，再过去则是成片成片的茶树。唐小糖发现，在低矮的茶树群处，还有一条马路分岔开去，笔直地通向另一边。阿凯说，那是斜坑村，过去的二十年，他就住在那里。唐小糖很想去看看这个阿凯曾经生活过的地方，但阿凯却说，不用看了，什么都没了。唐小糖这才知道，阿凯几乎变卖了所有的家产，才在镇子上开了那间修理行。唐小糖突然很想抱抱这个男孩，她像姐姐那样轻抚他的火红色的发丝（事实上，她也的确比阿凯年长），阿凯却闪开了。阿凯对着那头黑黝黝的竹林喊道，唐小糖，你等着，我肯定会干出大名堂来的。到那时，我们就一起过日子。唐小糖就咯咯地笑，唐小糖笑得眼泪都快出来了，以至于她的话是断断续续的。你……开什么……玩笑。阿凯就捶着胸脯跟她保证，我没开玩笑，我说的是认真的。唐小糖的眼泪就下来了，唐小糖对着竹林那头低声道，我是有老公的。我知道，我们第一次见面，我就知道了，可那又有什么关系呢？阿凯满不在乎地说。这时，唐小糖听到风吹过竹林发出的清脆的声响，沙沙沙，沙沙沙。

## 六

长乐镇的秋天是在一场秋雨中到来的。秋雨无声无息地落下来，整个镇子便浸泡在了一股绵绵的水汽之中。唐小糖走在长乐桥上，她走得很快，所踩之处的泥水溅到了她的脚后跟，她也不在乎。距离上次去阿凯修理行，将近两个多星期了。郭一鸣最近在改他的论文，郭一鸣说，论文已得到专家的肯定，很有可能会发在全国性的期刊杂志上。郭一鸣说的时候很是自豪。他向医院请了一段时间的假，成天蹲在家里研究。阿凯也忙碌起来，他正忙着改装他那辆摩托车，下个月他要参加一场大型比赛。

唐小糖的日子变得难挨起来，她的眼神常常透过木制窗户，飘过长乐桥，再飘过一家家店铺，最后落到阿凯修理行上。修理行的门总是紧闭着，她能想象出阿凯在里面不断地倒腾他那辆火红色的摩托车，她还能想象出阿凯骑上新改良的摩托车在一条条公路上飞驰。她看厌了，就转头去看那条小鲫鱼。鱼自她买来后，就一直养在脸盆里，它好像总也长不大，因此她也就没吃。唐小糖看到鲫鱼在盆里转了一圈，又转了一圈，她想，这真是一条寂寞的鱼。

这天早上，如果不是因为她远远望见阿凯修理行的门半开着，郭一鸣又要回医院整理点材料，那么唐小糖是会继续看着楼底下的马路或是脸盆里的瘦鲫鱼的。但既已瞅见，唐小糖便乱了分寸。唐小糖一次次地劝自己，不该在这时候去打搅阿凯的，但她转念又想，如果再见不到阿凯，她就快死了。她就这样矛盾地走到了阿凯修理行。修理行的卷闸门被拉开了一半，她压低身子钻了进去，这时，她看到了一个女人正和阿凯说着什么。她犹豫着要不要退出去，对方先开了口，我认识你的，你是唐小糖。见唐小糖未做反应，对方又说，你老公我也知道的，他是个医生。唐小糖索性朝女人走去，她把胸挺得很高，心想，既然对方什么都知道了，逃又有什么用呢？

等唐小糖走到女人面前，她才发现自己并不认识这个女人。女人（确切地说应该是女孩）的个子很高，穿着一件墨绿色的风衣，风衣和她稚嫩的外表很不相称，看上去就像是那种发育不良的豆芽硬生生地被装在某个器具里。我叫阿丽，女孩大方地做起了介绍，我们在赛车场上见过的。唐小糖想起来了，自己是见过她的，那时候她穿着迷你裙，还同赢了比赛的阿凯说过悄悄话。只不过，现在的阿丽看上去有些憔悴，她的头发杂乱地披散在后头，唐小糖甚至找不到过去她扎马尾的影子。

看来，阿凯没跟你谈起过我，我是他的前女友。阿丽把“前女友”这三个字说得特别重，她顿了顿，又接着道，我猜，他肯定也没跟你说起过我怀孕的事吧。我已经怀孕两个月了。唐小糖看到阿丽摸了下她的肚子，然后，她听到了阿凯的低吼声，你到底想怎么样？阿丽笑了，阿丽的笑声脆生生的，在那样好听的笑声里，阿丽说，我能怎样？我不想孩子一出生就没有爸爸，也不想孩子看到他爸爸勾搭上了别的女人。所以，我只能打掉它。阿丽的脸因为哀恸变得有些扭曲，很快，她控制住了自己的情绪，说，六万块，我们从此两清。你疯了吧，我哪来那么多钱？再说，谁晓得你肚子里的孩子到底是哪个人的野种。你说话要摸摸良心的，你能发毒誓说那天你没碰我？阿丽的语音尖细起来，大不了等孩子生下来，我们去医院做个亲子鉴定。到时候，你可别后悔。我有什么可后悔的，阿凯说得不痛不痒。你……你不要脸，我也可以不要脸的。大不了，我天天在你门口吵，看你的生意还能不能做下去，我还要向你讨孩子的抚养费、学习费……阿丽最后甩下了一句话，六万块，算上打胎、调养，还有我的青春补偿费，算便宜你了。你好好想想吧。

阿丽走后，阿凯来抱唐小糖，她想敲我一笔，你不用理她的。阿凯又说，如果她还来，我就找人撵她。唐小糖却把阿凯推开了，她想，一个女人要怎样走投无路才会到这样的不顾脸面。她有些怜悯阿丽了，其实阿丽是个很清秀的女子，清秀得让人怜爱。你有没有同她上过床，唐小糖问阿凯。阿凯想了会儿，没有否认。唐小糖的心就往下坠，她想到了那间七八十平方米的录像厅，录像厅里，阿凯说，唐小糖，我要你，我只要你。然后，唐小糖听到了自己无比冷静的声音，她对阿凯说，去把钱拿来。阿凯一动也没动，唐小糖便自己去找，但她找遍了所有的抽屉也不过万把来块，阿凯的钱全投到摩托车上去了。他们就对着那点钱，坐穿了一个上午。当雨渐渐小下去的时候，唐小糖从椅子上站起来，说，你等着。她一路小跑着回家，打开抽屉，拿出那个信封。信封本来很厚的，如今却好像变薄了。她拿出来，数了好几遍，才四万六千，加上阿凯的，也还差四五千。唐小糖想，自己原来也需要钱的。

唐小糖和阿丽在长乐桥上碰头，她把一沓厚厚的钱塞给阿丽，说，我只有五万多。阿丽说，不行的，少一分也不行的，要不然孩子我不打了，你把阿凯还给我？唐小糖摇摇头。阿丽就笑了，像朵即将凋零的花。阿丽说，那我也不行。阿丽给唐小糖一周的时间去凑钱，然后，她就消失在了长乐桥上。临走前，阿丽对着桥底下的溪水喃喃道，他从前也常载我到这儿的。唐小糖就目送着阿丽的背影离开，她想哭，她太想哭了，可是泪水怎么都流不出来。唐小糖这才明白，人太难过了，是会哭不出来的。

唐小糖决定问陈经理借钱，在唐小糖的印象里，陈经理有好多好多的钱。她跨进供销社的大门，在曾经卖衣服的柜台前看到一个跷着二郎腿，抹指甲油的女人。指甲油猩红猩红，当她抬起头来的时候，唐小糖明显感到了一股敌意。陈经理啊，他不在，我也不知道他什么时候回来。女人轻描淡写地说。

整整一个礼拜的时间，唐小糖都在思考一个问题，除了和郭一鸣开口，还有没有其他法子。唐小糖在镇上没有朋友，父母也不过是普通农民，没什么多余的积蓄，而阿凯除了拥有一间倾其所有的铺子外，什么也没有。唐小糖不想阿凯没有铺子，也不想阿凯没有摩托车，阿凯要是没了摩托车，就不是阿凯了。末了，唐小糖只得跟郭一鸣说，我需要点钱，急用。唐小糖甚至没敢正视郭一鸣的眼睛，她想，如果郭一鸣再进一步问她，她大概就找不出搪塞的理由了。但郭一鸣没有多问什么，他只是把卡递给了她，说，要多少。唐小糖举出一只手，说，五千。

阿丽的事却并没有因此而结束。给完阿丽钱后的一天，唐小糖和郭一鸣正吃着饭，郭一鸣忽地问，你是不是有个朋友叫阿丽？唐小糖吃了一惊，怎么了？她怀孕了，找我打胎。郭一鸣的嘴还在嚼着菜，她说如果有空的话，想同你见上一面。唐小糖忘了怎么回应郭一鸣的。那天晚上，趁着郭一鸣值夜班，她给阿凯打了通电话，她听到阿凯在电话那头怨声怨气，早知道就不把钱给她了。

唐小糖出现在了镇上的医院。这间医院她过去常常来，经过妇科走廊的时候，她远远地就看见了阿丽。阿丽看上去精神还不错，身上还是穿着上次那件墨绿色风衣。阿丽说，我就知道你会来的。唐小糖真觉得阿丽有些混蛋了，她问道，你想干什么？阿丽就笑了，是那种坏笑。阿丽说，你怕了？唐小糖没有理她。她看到一个护士走了出来，叫道，何丽丽。阿丽就跟进去了，阿丽的两只手握在了一起，成了个瘦骨嶙峋的拳头。

很多年以后，当唐小糖的鬓角出现了白发，她仍然没有忘记那天从手术室里出来的阿丽，脸色煞白煞白，但她仍对着唐小糖挤出一个很好看的笑脸。结束了，都结束了，阿丽的声音听上去有些凄凉。郭一鸣一直忙前忙后，手术完后，他叮嘱唐小糖，让你朋友好好休息，三个月内不要再行房事。为什么不告诉他呢？

郭一鸣走后，唐小糖问阿丽。我从来就没想过要告诉他。阿丽的回答完全出乎唐小糖的意料，阿丽又说，我找他，因为他是这儿的专家，就这么简单。阿丽说完，背过身去，从她转身的方向望去，能看到一扇扇被钉死的窗户（医院为了防止病人跳楼，特意做的防护措施）。窗户外，一场秋雨正密集地从天上泼洒下来。在雨点密密的敲打声中，阿丽说，唐小糖，我要走了，回自己的老家。你知道吗？我在这个镇上没有亲人，所以，当我的脑袋里跳出让你来陪我做这个手术时，连我自己都觉得可笑。阿丽真的就笑出声来，唐小糖却怎么也笑不起来，不知怎的，她想起了家里的那条鲫鱼，她从前觉得自己像那条鱼，现在，她觉得阿丽也像那条鱼。于是，唐小糖对阿丽说，你等我下。唐小糖跑回家，把那条鱼装在装满水的塑料袋里，对阿丽说，我没有什么东西能给你了，这条鱼就当作是分手礼吧。阿丽接过那条鱼，看了很长很长的时间。阿凯他就是个混蛋，他配不上你的。阿丽最后如是说。

## 七

唐小糖的胃在冬天来临时坏了，她开始不停地冒酸水，不停地呕吐。一天清晨，郭一鸣像往常一样倒好白开水给她，她看了快要溢出来的白开水一眼，终于没能忍住。等吐完，她望着黄色泛泡的污物，只觉得胃像是在翻腾，郭一鸣什么也没说，他拿过拖把，将污物拖净，出了门。

唐小糖怀疑自己怀孕了，尽管B超室的医生曾告诉过她，由于她的子宫壁偏薄，因此怀孕的几率不大。她去楼下的老百姓大药房买了一支测试笔，几分钟后，笔上的两条线都变成了浅浅的红色。唐小糖想，自己就要做母亲了，她急忙向阿凯修理行赶去。阿凯还在忙着改装他的摩托车，在一片轰隆隆中，唐小糖问阿凯，你是不是说过要和我一起生活的？阿凯想了想，说，是，你等我干出番事业来。我不要你干出什么事业，我只要和你一起生活。不等阿凯回答，唐小糖又说，我有你的孩子了。阿凯并没有唐小糖想象中的激动，他只是趁着改装的间隙问道，我们有时间、有能力来对付这个孩子吗？

从理论上来讲，阿凯是对的。阿凯的收入基本只能维持他们两人的日常花销，如果要抚养孩子，唐小糖就必须要重新找份工作。可这样一来，孩子就无人照看了。但唐小糖懒得去考虑这些，管孩子也好，找工作也罢，对于她而言都是以后的事。眼下，她只想要这个孩子。这个孩子来得太不容易，她能想象来自阿凯的那部分生命体进入她的身体，黏附在了她薄薄的子宫壁上。她轻轻地摸了下衣服包裹下的肚皮，叫了声，小阿凯，你好。

唐小糖开始回家收拾行李。她把衣服一件一件地搬到行李箱里，就像当初她从白塔湖村出走，来到了这个小镇。她拖着行李箱出门的时候，瞥见了靠在墙角的亮黄色的自行车。她想，这车她也要带走的，将来等小阿凯长大了，她好带着他骑过长乐桥，骑过径山镇，骑过他俩爱情盛开的每一个地方。于是，唐小糖就对郭一鸣说，我要走了，这车我能不能带走？郭一鸣没有回应，他把好车龙头，推着车跟在她后头。唐小糖又说，你不用推的，这车我明天来拿好了。郭一鸣还是没有吭声，他只是推着车跟在她后头。快经过长乐桥时，唐小糖转过身问郭一鸣，你恨不恨我？我怀了别的男人的孩子。她以为这回郭一鸣应该会说点什么的，但郭一鸣还是什么也没有说。在一片死寂中，唐小糖说，我情愿你恨我的。然后她大踏步地跨上了长乐桥，唐小糖想，如果来一场痛痛快快的爱恨情仇该有多好！

唐小糖和郭一鸣说好是在第二天的早上去民政局。但是，那天唐小糖却没去成。唐小糖是在走了一半的长乐桥上倒下的，她倒下的时候，从胯裆下流出了好多好多的血，这些血似乎足以将桥下的溪水染红。她还看到郭一鸣抱起了倒下的自己，可她的脑袋却在想，郭一鸣是不是把她的亮黄色的自行车给扔了，那辆车可不能丢。她正想叫郭一鸣别忘了她的自行车，她的眼前就模糊了。

醒来的时候，唐小糖发现自己躺在了医院的病床上，粉白的墙壁，粉白的床带，就连她自己也是粉白的。穿着粉白色大褂的郭一鸣站在她跟前，手里拿着张片子。郭一鸣说，是宫外孕，必须马上手术。唐小糖哦了一声，泪水就唰唰唰地下来了。唐小糖想，自己是不是和孩子没缘？又一个孩子没了，只不过这次，是孩子待错了地方。

手术很快进行了，是郭一鸣主的刀。手术后，郭一鸣作为唐小糖的主治医师经常会来查看情况。有一回，唐小糖对待在她旁边的郭一鸣说，你不用来看我的，我还没可怜到这样的地步。她停顿了下，又补充道，你大可以把我的那些事告诉他们的，唐小糖说的他们是医院里的同事。但郭一鸣依旧来看她，有时候带上一点汤，有时候什么也不带，就只是坐在她的床头看看。医院里的护士们也像什么也没发生过似的，每回查房，总是郭师母前郭师母后的。唐小糖想，郭一鸣真的是一杯温开水，永远不温不火，但在冬天里却能给人以温暖。

唐小糖在医院里住了大半个月，阿凯一次也没有来。唐小糖打过几次电话，阿凯的手机那头就传来极其标准的女音“对不起，您拨打的电话已关机”。唐小糖便想，长乐镇是个多小的镇啊，小到谁家昨天丢了只鸡，第二天就会传遍镇上的街头巷尾。只要阿凯向人打听下，就不可能不知道她住进了医院，就不应该不来看她。可是，阿凯消失了。

出院的日子定在星期六，可在前一天的傍晚，唐小糖自行要求出了院。周末，镇上的闲人格外多，唐小糖不想走到哪儿就遇见个熟人，即便只是点一下头的工夫，她更不想看到别人在她走后，对她指指点点，评头论足。唐小糖从医院出来，经过修理行的大门，她猛然发觉这里已经不是修理行了，除了店门口的梧桐树还在，在冬日的寒气下，光秃秃地立着，其余的什么都没有。卷闸门上歪歪扭扭地漆着几个黑色的大字“转租”，连着一长串的电话号码。她照着上面拨通了电话，接电话的是个带有浓重乡音的女人。女人没好气地说，如果不是诚心想租下这家店面，就请不要打扰她。唐小糖去隔壁的电器行询问，电器行里，一台电视正播放着一首流行歌曲，歌曲名叫《风一样的男子》。唐小糖看到一个理着中分头的男歌手深情地唱着：“也许我是将风溶解在血中的男子，也许我是天生习惯自私，你用温柔和真挚，面对我在爱里放肆的样子。也许我是将风溶解在血中的男子，也许我是天生崇拜追逐，当你将疑虑装得若无其事。请原谅我，像风一样的男子……”电器行老板想了会，说，哦，阿凯啊，他上个星期就走了，听说好像去了广州。具体去哪，我也不知道。老板说完，又径自看电视去了。

唐小糖走出了很远，还能听见那首歌随着风吹散过来。唐小糖想，以前只听过戏如人生，原来歌也可以如人生的。然后，唐小糖缓缓走上长乐桥。桥两旁，没有任何花纹的石栏杆上涂满了好多字，谁谁谁到此一游，谁谁谁是混蛋。一辆黑色桑塔纳从她身后绝尘而过。车是陈经理的，车的副驾驶上坐着个女人，就是那个涂猩红色指甲油的女人。唐小糖凝视着那辆车，一直看了很久很久。终于，她把目光收了回来，落到了桥底下的那片溪水上。溪水好像冻结了，夕阳照在上面呈现出一种明晃晃的色调。唐小糖就在那种明晃晃的色调中看到了自己，唐小糖有些被感动了，她想，不管怎样，等下一个雨季来临，长乐桥底下的水一定还会重新涨起来，重新奔赴远方……

这时候，唐小糖听到了一阵鸣笛。不远处，一辆大巴车正朝她驶来。

# 静　川

# 一

孙旭宗和芸溪手牵着手走过白苇塘时，一股子风正从遥远的西北方扫荡过来。整个白苇塘的水顿时像传递信号似的，从塘的这头一浪一浪地传到那头。岸上的芦苇全倒下去了，只剩下那焦黄的花絮在风中肆意地招摇。这风刮得要紧，白苇镇上的人说，把镇上姑娘的心都吹碎了一地。

风平息下去的第二天，白苇镇上的姑娘们照旧出门干活。一个个都跟丢了魂似的，走近一看，眼圈上像是抹了一层灰。不用说，肯定是哭过了，还哭得不轻。唯有三丫，走路反倒轻快了，逢人便说，知道不，孙旭宗和芸溪好上了。又有谁会不知道呢？然而，三丫却照旧说，见一个说一个，她那肥硕的屁股随着身体左右摆动，活像一只肥鸭。三丫的肥胖是出了名的，又黑，所以到现在都没能把自己嫁出去。三丫却满不在乎，她说全镇子的男人，只有一个她看得上眼，那就是孙旭宗。

白苇镇的人便弄不明白了，自己喜欢的人和别的女人搭上了，三丫怎么还高兴得起来。只有凤凤，一眼就把三丫的心给看穿了。三丫呀，是自己吃不到，也巴望着别人吃不到。这里的别人是指整个白苇镇上的姑娘，白苇镇上的姑娘，十个里有九个喜欢孙旭宗，这是公开的秘密。

孙旭宗是白苇镇上出了名的才子，他能写一手好字。谁家盖新屋，得了他的墨迹，挂在屋里，别提多有面子。孙旭宗是不去地里干活的，他爱看书，也亏得他父亲支持，竟考上了城里的大学。虽说大家伙都知晓孙旭宗的才气，但毕竟大学不是说考就能考上的。白苇镇上第一个考上大学的，是在十年前，那人现在已是城里头一个不小的官。所以，当喜报传来时，整个白苇镇沸腾了，人们都说孙家要飞黄腾达啦！

姑娘们更喜欢的是孙旭宗的脸，白净得很，一点儿也不像是白苇镇上的人。听说城里的小伙子就兴他那样的，成天不晒太阳，把脸捂得跟白玉豆腐似的。孙旭宗一说话，镇上的姑娘更是屏气凝神，生怕漏听了一个字。其实，他说什么倒是次要的，关键是他一开口，淡淡的书卷味便从文绉绉的话里淌了出来。不似其他男人，满嘴都是烟味、汗味、庄稼味。白苇镇的姑娘们喜欢淡淡的书卷味。

孙旭宗考上大学的那一年，喜悦同落寞几乎是同时来的，无声无息地侵占了白苇镇姑娘们的巢穴。大家都觉得，从此，孙旭宗便是飞入了妖孽丛生的界域，再也回不来了。这心情，竟同做母亲的毫无二致，仿佛孙旭宗是她们看着、拉扯着长大的。姑娘们还想到，城里到处都是袒胸露乳的女人，她们的脸上化着浓艳的妆容，在寂寞的夜里尽情地开放。一低头，偏又看见自己包裹得严严实实的身子，姑娘们便再也提不起劲来了。

可孙旭宗读到第三年，依旧没有半点谈恋爱的动静。白苇镇上的姑娘们又都把眉头舒展开了，那神情，好像在说城里的女人也不过如此。姑娘里，就数凤凤心眼最多。她最先慌了起来，莫不是孙旭宗要找只金凤凰？姑娘们的心就一个劲地往下沉，越发觉得他高不可攀。她们唯有把心事和头一同掖到被窝里，诉说给黑漆漆的夜听。这也是白苇镇上姑娘间公开的秘密。

然而现在，姑娘们连想的份儿都没了，他孙旭宗和芸溪好上了，偏是芸溪。姑娘们沉默了。她们情愿孙旭宗从城里带个妖娆的女人回来，断了念想也心甘了。可对方却恰恰是那样的女人。姑娘们觉着，一定是什么地方弄错了，又或者芸溪这小婊子使了什么法术，孙旭宗放假回来才几天，就把他的魂给勾去了。

其实，芸溪不用法术，也能把男人的魂魄给勾去的。她的脸原本就白嫩，施上淡淡的粉，竟是透亮的，似乎一掐就能掐出水来。弯弯的眉黛下，一双不大的眼睛似笑非笑，叫人看了就再也离不了。镇上流传，她的眼睛有摄魂术。难怪，就连结了婚的男人看到她，也禁不住臆想一下。为什么会臆想呢？男人们总结，芸溪的骨头，太轻了。轻得她走路像是飘过去的，听不出半点声音。自打她从城里回来后，她的飘中还夹带了扭胯，只扭一丁点，她那腰肢便跟断了似的。女人们便开口骂她骨头轻，轻得那些男人一摞摞地往芸溪家跑。

芸溪是不厌烦的。男人就是把她家围个遍，她也照样对着黄澄澄的大铜镜，扑粉、描眉。把门一推，像没人似的朝前头飘去了，引得男人们瞅着她一扭一扭的屁股蛋子，直流口水。镇上的其他姑娘恨得心里直痒痒，一边骂着，一边却也学起了芸溪。她们托人去城里买粉，买口红，买衣裳，除了少数几个变美了些，余下的，反倒更丑了。这好比是东施效颦，男人们的眼神始终还是停留在芸溪身上，一摞摞地往她家跑。

芸溪是谈过恋爱的。她虽然从不赶那些张望她的男人，可也没瞧见她和其中一个处过对象。镇上人便说，芸溪那小骚货，挑着呢。第一个和她谈对象的，是镇党委书记的侄子任家鹏。那段时间，镇上的男人全都跟撒了气似的，一个个都蹲在家里。任家鹏善妒，要是惹恼了他，没好果子吃。

后来，芸溪被城里的阿舅接去住了阵子，她和任家鹏就算完了。任家鹏是第一个和芸溪好上的，但只是好听了个名头，什么便宜都没捞着。真正捞着好处的是吴有民，和大多数镇上的人一样，他是做珍珠生意的。白苇塘的珍珠跑到省里都是有名气的，个头不大，但质地好。从蚌壳里出来的，有七八成好货，上等的珍珠色泽自然、剔透，一看便知。吴有民在几年前，买下了白苇塘靠东边那塘子的使用权，足足占去了白苇塘的一半！他脑子好使，才几年，就把老本拾掇了回来，还在城里置了套大房子。现在，他又摊上白苇镇第一号美人芸溪，男人们说，好事都让他给占尽了，说的时候忿忿的。

芸溪家又冷清了，男人们想到她今后就要住到城里的那套大房子，胸口竟酸酸的。然而，他们又觉得芸溪是该做阔太的，天生就是。芸溪却说不做就不做了，什么原因，大家都不晓得。芸溪说，没感觉了，没感觉了就要分。感觉算个啥子东西？镇上人都笑了，谁不是这样过来的。等到结了婚，生了娃娃，忙都来不及，哪有时间找感觉。这才叫过日子。感觉这玩意，玄得很，只有城里头那些人才玩。她芸溪就是在城里待久了，可她也不看看自己脚下这块黑土地，这怎么比得了？

芸溪就是在这个时候被别人叫破鞋的。是谁先传的话，镇上的人不清楚。他们只能推想，是吴有民，吴有民要面子，肯定咽不下这口气。消息一传开，芸溪便蒙了羞，休想再嫁出去。吴有民反倒成了有本事的人，脸上增了不少光。

镇上的男人彻底断了念头，然而关于芸溪的丑事还是一桩接一桩地飞入他们的耳朵。那些原本斗败的女人，个个都竖起了脖子，天天说着那些细节，翻过来嚼过去，好像她们亲眼看到似的。说得男人们更觉无趣，芸溪就算是破鞋，也是言语玷污不得的。他们想要走开，双脚却又不听使唤。听总比不听强些，听到紧要处，芸溪那嫩生生的模样便在眼前，触手可及。一摸下面，竟是胀的了。

第一个去看芸溪的，是个叫二马的家伙。二马是个二流子，平日里没事可做，专蹭别人家的饭吃。他躲在芸溪屋门口的窗沿下，一抬头，从半开着的窗户里露出两个芸溪的模子来。芸溪正在梳妆，她坐在一面黄铜铜的大镜子前，先是扑粉，再是擦胭红、描眉。二马觉得，芸溪就是不化妆，也是顶美的人。她化了妆，则是另一番美。关于这一点，孙旭宗后来也说起过，他说芸溪好比是西施，淡妆浓抹总相宜。二马是知道西施的，但他不知道苏东坡的那句诗。二马只觉得，芸溪怎么样都是好看的，就连她化妆的样子，也是好看的。对，这叫艺术，芸溪本身就是一种艺术。二马为自己好不容易才想到的一个词，兴奋起来。

他一激动，手不小心碰到了窗棂，发出哐当的声响。二马慌了神，他骨子里是怕芸溪的，没来由地怕。芸溪一回头，看到了窘迫的二马。她也不恼，反而笑嘻嘻地叫二马起身来看。二马领了旨，便趴在窗台上看。看了一下午，还觉不够。

这天傍晚，二马特痛快。二马一痛快，就会去镇上的白苇酒家喝酒。二马叫了一壶酒，酒正温，他边喝边哼起小曲来。他的咿咿呀呀声引来了不少人，镇上人都知道，二马藏不住事，一遇到好事，恨不得你追着他问。几杯酒下去，人又多了好几圈，二马开始说起来。这不说还不打紧，一说，全白苇塘男人的心都跟着去了，争着要看回眸一笑的芸溪呢。男人们都说，他二马算什么东西，他能看，我们凭啥不能看。

芸溪家的屋前又热闹起来了。姑娘们原先以为芸溪死绝了，孰料，她同野草般，越烧长得越旺了。婊子、骚货，她们对着芸溪家谩骂，好叫心里舒坦些。骂到酣畅处，芸溪就摇曳着柳枝似的软腰从屋里出来。她也不回骂，只浅浅一笑。那笑呦，看得天空都暗淡下去了，那是一种散发着成熟气味的笑。骂的人反倒不好意思了，怪不得男人们管不住脚，连女人都消受不了呢。只好摇头离开，一路走一路叹气。

起风的那天夜里，白苇塘的姑娘们无法入睡。从西北边过来的风，穿越了广袤的大地，来到这小镇，反而不适应了。它只能在两家间狭小的弄堂里穿梭来穿梭去，擦得屋顶上的瓦片砰砰响，不时还发出呼呼的怪声。姑娘们觉得，这风就像能读懂她们似的，猛烈中带着幽怨。

倘若芸溪的情史到此结束，她们还能勉强接受。可芸溪却浪开了，一个接一个地找男人。孙旭宗前头，是镇竹笋加工厂副厂长钱老虎。白苇镇上，除了白苇塘的珍珠、鱼、虾和成片成片的芦苇，就数竹笋卖得最火。竹笋长在白苇山上，白苇山上是不长芦苇的，只有竹子。镇上的人管什么都带“白苇”二字，就像是商标，撕不去的。

钱老虎是个肚子老大的中年男人，他长得结实，一脸凶相。芸溪那丫头，瞎了眼了，镇上的人都说。芸溪也不管，自跟了钱老虎，她再也不下地干活了。钱老虎有辆面包车，是厂里的，一到周末就载着芸溪往城里跑。一回来，芸溪的手上准拎满了大包、小包。

还有一点，钱老虎是有老婆的，最大的儿子都快上初中了。钱老虎的老婆很怕钱老虎，钱老虎一不高兴就打人。所以，当别人告诉她钱老虎和芸溪那勾当时，她不仅听不进，还要反骂回去。话不好乱说的，相不相信我现在就把你揪到钱厂长那里去！钱老虎的老婆在外面，是只母老虎。

风起得更厉害了，姑娘们睡意全无。她们多希望这风能刮进孙旭宗的屋子里，好生让他清醒清醒。那是个多么完美的男人呀！

## 二

静川躺在床上，眼盯着屋子上头的梁柱子，中间那根木梁边衍伸出许多小横梁，静川就在那里一根一根数。她数腻了，眼皮子却还是没有耷拉下来，她只好试着数绵羊。静川知道，就是数到十万、一百万，她也睡不着。然而，她必须数，好叫脑子里塞满东西。

静川是芸溪的妹妹，比芸溪小两岁。静川和芸溪那就是一个模子里刻出来的。芸溪有弯弯的眉黛，静川有；芸溪有透亮的眼睛，静川也有；芸溪有丰盈的嘴唇，静川还是有。

但是，白苇塘的人一眼就能看出两姐妹中谁是芸溪，谁是静川。芸溪爱跑，双腿一蹬，就往城里去了，不像静川，成天窝在家里看书、写字。镇上人说，这是定数。姐妹俩的名字里就藏着玄机，天底下哪有不流的溪水，挪动的山川？

芸溪在城里住了一阵子后，两姐妹的差异更明显了。芸溪走路、说话，都是轻飘飘的，带着一股子狐媚。静川却像个西瓜，熟透了，滚到水泥地上，脆生生的响。这样一说，静川似乎是实愣愣的。可事实上，她俩真正给人的感觉又恰恰相反。

从某种意义上说，静川比芸溪更美。这是一种令人窒息的美，美得不食人间烟火。当你注视她那水灵的眼睛，你能从里面看到碧蓝的天、鲜绿的草、清澈的泉水正咕噜咕噜往外头冒。泉水在阳光的照射下折射出无数个亮点，一晃一晃的，耀眼得叫你不敢再多看一眼。所以，静川走在路上，是没有男人看的，有谁会定睛去看正午的太阳？对，静川就是浮在天上的，亲近不得。芸溪才是两腿长在地上的，活生生的女人。

这种巧妙的逻辑，静川并不知晓，就像她从未意识到自己的美。静川常把小凳子往屋门口的柚子树下一摆，坐好，腿上搁一本书。她看着柚子树抽芽，长叶，结出一个个圆圆的小柚子，看着书上的男男女女分了，又合了，看着男人们一窝蜂似的往她家涌，终于散了。她知道他们是来看姐姐芸溪的。

芸溪是静川的姐姐，更是静川的娘。她俩从小就没了爹娘，在白苇镇，长者为大。她们还有个阿奶，年纪很大了。她有个独子，叫常庆，是芸溪和静川的爹。

常庆是镇上少有的高中生，个不高，偏瘦，背地里喜欢他的姑娘不在少数。毕业后，常庆去了城里打工，他在一家报社做校对工作。卢月就是那时候认识常庆的，卢月是芸溪和静川的娘。

可卢月的家里人并不看好这桩婚事，他们认为常庆是乡下人，在城里连个落脚的地儿都没有。卢月却说，白苇镇是个镇子，不是乡下。那里有大片的芦苇，风一吹，芦苇花就漫天飞舞，落入盛满鱼虾和珍珠蚌壳的白苇塘里。卢月的娘气得要断绝母女关系，卢月也不管，跟着常庆来到了白苇镇。

刚来白苇镇时，镇上人都啧啧羡慕。卢月是个美人胚子，生下的俩娃娃也尽得她的遗传。可惜，除此之外，她的美貌再无用处，如同常庆的笔杆子，竟锈了。白苇镇不需要文人，对着白苇塘那一波湖水抒发感慨，是换不来半碗米饭的。白苇镇需要的，是伙计。

常庆开始学做瓦匠，用他曾经书写隽秀字迹的手，在白苇塘各家各户的房檐上糊抹。他的行当是固定的，一顶厚毡帽、一个盛满水泥料的桶和一把小铲刀。毡帽是用来挡灰尘的，糊水泥时，粉尘多，很容易进到眼睛里。出事那天，他把毡帽落在了家里。灰尘趁势窜进了他的眼睛，模糊中，脚一打滑，他就从屋檐上掉了下来。他死了，死的时候，芸溪三岁，静川一岁。

卢月便整日抱着那顶毡帽哭，哭得白苇镇上的人再也不轻易发笑，仿佛亏欠了她似的。那撕心的哭声，伴着清冷的夜光传遍了白苇塘，传进了每个酣睡之人的耳朵里、心窝里。渐渐地，卢月的泪腺干涸了。她开始扯着嗓子哭，她是真哭，但却看不到一滴眼泪。一年后，卢月死了，死的时候脸上竟挂着微笑。镇上人明白了，她是被孩子他爹叫走的，走得好哇！

可怜的是俩女娃，才没了爹，又没了娘，靠着阿奶勉强度日。阿奶上了年纪，只负责姐妹俩那一口饭。等芸溪稍大一点，妹妹就基本由她照顾。静川的头是芸溪梳的，衣服是芸溪洗的。静川爱吃笋，芸溪就跑到白苇山上去刨，央求着阿奶给她们煮。

对静川而言，芸溪就是她的娘。做儿女的，是不能干预娘的，所以静川从不插手芸溪的事。何况，芸溪的性格好比是溪水，想要流到哪里，就流到哪里，是拦不住的。这一点，就是芸溪从城里回来后，也没有改变。尽管静川并不喜欢家门口的那些男人，但芸溪都不说什么，她也就不说什么。

关于城里的阿舅接走芸溪一事，白苇镇上的人却有话要说。芸溪读初三那年，城里来人了。当男人身着卡其色衬衫，从一辆气派的小轿车里钻出来时，姐妹俩都不知道这人的来头。倒是对方先开了口，说是她们的阿舅，也就是她们死去的娘的亲哥哥。这些年，他一直惦记着姐姐，碍于母亲的压力才没敢来。不久前，他母亲离世，唯一的儿子又出了国，才决计来一趟。此行，他不仅是为了见两个外甥女，更希望带她们其中一个回去。姐妹俩听出来了，阿舅是想找个伴，好叫余生不至于太寂寞。

镇上的人私底下猜走的会是静川。静川天性安静，到了城里，恰好能和她内敛的性格互补。不似姐姐芸溪，一准咋呼。况且，静川年纪又小，需要照顾。可静川却说她不喜欢城里，她不想去。

这话倒也不假，静川对于城市或者乡镇没有明显的倾向。但她知道，姐姐是喜欢城里的。有一回，姐姐不知从哪里弄来个蝴蝶状的小簪子，扣在头发上可好看了。可没过几天，姐姐就把小簪子给烧了。姐姐说，城里早就不兴这样的了，现在流行的是流苏式样的。知道什么是流苏吗？看到静川直摇头，她又比画道，就好像是帘子，一根一根垂下来的。芸溪不说话了，出神地看着窗外，几只鸟儿正从头顶掠过，朝远方飞去。静川读懂了，姐姐和她是不同的，她所要的，不是脚下的这块土地。

阿舅把芸溪接走了，留下了静川和她那愈加苍老的阿奶。她这一走，就是三年。三年来，除却那些琐碎的不能再琐碎的小事，有两件事是不得不提的。一件是阿奶归西了。阿奶说，去就去了，别拖累了活的人，意思是别叫芸溪回来了。阿奶还说，有样爱好不容易，无论如何要保持下去。静川知道，阿奶说的是读书。

静川毕业后，却没有继续往上念，她在笋厂做工。此为另一件。笋厂不缺人，尤其是秋冬季节，积压的竹笋早已加工得差不多了。但钱老虎却说，要的，要的。他对静川没有色心，完全是看在她姐姐的情分上。这点上，钱老虎还算不错，至少比吴有民强。静川刚毕业，先做的是珍珠加工。她把好的珠子一颗一颗地拣出来，放到一边，再把不大好的磨得滚圆滚圆。可吴有民一检查，说圆的珍珠太假，卖不了好价钱，要她全部磨回去。

芸溪回来的那天，静川从笋厂下班回屋。一推门，芸溪正坐在黄铜镜子前，她的影像有些模糊，静川想起，已经好久没用过这面镜子了。芸溪回过头来，我回来了，她对静川说。静川说，好，然后便不再问什么。静川觉得芸溪做什么都是有理由的。

阿舅却不这样认为。阿舅开着他那辆气派的车，穿过枯了大半芦苇的白苇塘，在她们的屋前停下。阿舅说，他是来讨个说法的。他花了那么大气力，才让芸溪上了重点中学，为什么说不念就不念了，回来也不和家里说一声。芸溪说，自己根本不是块读书的料，对不住阿舅。她把两手一摊，一副无奈的样子。阿舅气得直骂芸溪，又问她成天买衣服，勾引男人，是不是真的。芸溪知道，肯定是舅妈告的状，阿舅平日里在外地做生意，她的事都是舅妈转达的。芸溪也不争辩，她往镜子前一坐，拿出一支细长的眉笔开始描眉。眉毛画得粗了些，她边画边说，又用纸蘸了水擦拭。阿舅最后气呼呼地走了，只剩下芸溪和静川。

你信阿舅不？沉默了好久，芸溪突然问。静川觉得阿舅的话至少有一半是真的，但她又不忍伤芸溪的心。静川迟疑了会儿，末了，她说不。芸溪却说，你应该信的，阿舅说的基本正确，不过只对了一半。

她又从枕头下翻出一块手绢，打开，芸溪什么时候放的手绢，静川毫不知晓，手绢里包着张相片，芸溪说，他叫卢兆楠，是阿舅的儿子。静川明白了，阿舅的儿子从国外回来了，他们不再需要芸溪的陪伴。

芸溪却摇了摇头说，因为我爱上了他，他也爱上了我，舅妈就说我不要脸，连表哥都要勾引。芸溪把照片放回去，其实表哥不表哥，又有什么关系呢。喜欢上了，那就是命，躲也躲不掉。静川的眼珠子都快瞪出来了，她问芸溪，阿舅知道吗？不知道，芸溪恨恨地说，舅妈瞒过了阿舅，把我给撵回来了。不过，我迟早会回去的。

静川知道芸溪是豁出去了。芸溪回家的第二天，把屋门给打开了，阳光簌地跑了进来，敞亮敞亮的。芸溪说，她要满屋子前都是男人，堆满了才叫痛快。可当男人们像鸟兽似的聚拢在门口时，她却晃荡着身子，牵别的男人的手去了。而且，一个比一个换得勤。

看着芸溪扭动的背影，静川突然就有了想哭的冲动。泪水从她的眼眶子里渗出来，止也止不住。静川想起，自己已经很久没哭了。上一次哭是在毕业那会儿，她告诉老师，她要去做工。话还没出口，眼泪就掉了一地。

过去的影像一遍遍地在静川的头脑中回放，最后定格在芸溪和孙旭宗牵手的画面上。静川想哭，却又哭不出来。最后一只羊从她眼前经过时，她已记不得是第几只了。静川觉得自己应该替姐姐开心的。她听到窗外的风声渐渐弱下去了，像是低声哭泣。静川在这低沉的伴奏声中，终于睡去了。

## 三

天刚蒙蒙亮，静川便捧着大木盆子去白苇塘边洗衣服。清晨的白苇塘，像是吸饱了夜间的凝露，格外地满足。再过不久，太阳就要驱散这些薄雾，白苇塘就变得亮堂堂的了。白苇塘亮堂堂了，白苇塘的女人们也就亮堂堂了，她们会抱着大叠的衣服来塘子边洗。想到这里，静川赶紧把盆里的衣服投到水里，打上肥皂，使劲地在青石板上搓起来。

只剩下最后一件了，静川听到远远的有人在叫她。静川一仰头，看到了凤凤。只见凤凤扎了个马尾，几缕没绑进的头发从发间窜了出来，显得很凌乱。静川知道，凤凤平常梳的是麻花辫，凤凤喜欢把头发梳得光光的。凤凤把盆子放在一边，轻轻地说，替我恭喜你姐啊。静川说好，她知道凤凤说的是真心话。

很久以前，静川来白苇塘洗衣服时，就觉出了凤凤的特别。白苇塘的女人其实并不讨厌静川。静川是美丽的，对于美丽的东西，人们多少总会喜欢点。同时，又带着一丝恐惧。尽管，女人们知道静川不似她姐姐，她是个包裹在严冬里的未开的花苞。但总归是超然，和她一比，自己就矮了一大截。所以白苇镇的女人是不和静川多说话的，顶多打个招呼。凤凤就不同，她有时还会凑上来问东问西的。凤凤是镇上顶聪明的姑娘，心眼不坏。

静川还知道，凤凤对孙旭宗也是真心的。静川把衣服搅干，放进盆子里，她对凤凤说，我走了啊。凤凤还没来得及应答，河岸上的骚乱声便打住了她，她们看到一大帮子女人像龙卷风似的朝白苇塘卷来。

三丫稳立在风暴的中心，她着一件大红的缎面长衣，衬得她的脸越发黑了。三丫，到底咋样了呀？人群中有人问。你倒是快说呀，都急死我们了，又一个人说。很快，这声音从一个、两个变成了许多个，如同一窝子黄蜂在头顶上嗡嗡地飞。三丫推开人群，小心地拍了拍她的红缎衣，这可是新的，话里带着愠怒。转瞬间，她又笑开了。三丫每次笑得都很大声，近来她习惯把一只手挡在嘴前，说是要笑不露齿。三丫笑够了，终于开了口，那医生，人还不错。

三丫说的医生，静川是知道的，他叫白头翁。白头翁是镇上人给他起的名，他是有名字的，然而大家都忘了。白头翁三个字，叫着顺口，也比较符合他本人的形象。白头翁的头顶上多半是白发，使得他虽然不过二十六七岁，看起来却分外老成。其实，除却他的白发，白头翁长得还算不赖，浓眉大眼，典型的北方汉子。

白头翁不是白苇镇人，他是城里派下来的。白苇镇缺医生，生了病，不是自家熬点草药喝喝，就是去赤脚医生那里。赤脚医生靠的是祖上的方子，也还顶用。只是近两年，他上了年纪，眼睛不好使了。镇上集资建了个简易的医务室，可向上头要的医生却迟迟没有调来。就在人们不再抱有希望时，城里来了人，他就是白头翁。

白头翁来的那天，镇长亲自给他接风，还在白苇酒家摆了两桌酒。镇长斟了满满一杯酒，说，我们盼星星、盼月亮，总算把你盼来了。你一人在外地也不容易，有什么困难就跟我说，跟大伙说，别客气。镇长说完，喝干了酒，杯子顿时露出了青釉色的底。

可才没过几天，镇上的人全转了风向。听说，白头翁是犯了事被贬下来的。白头翁原是城里医科大学的高才生，单位都已经定好了。他却在实习时，把一个来看病的女人的衣服给扒了。本来，这样的人是不好再当医生的，学校可惜他是个人才，就给遣到白苇镇来了。人们这才想起，白头翁来的时候也没个人照应，只带着封介绍信。何况，普通的大学生被分配到镇上，还不哭得要死要活，可他也没半点不乐意。

镇上的人蒙了，继而发出怒吼，这是从沉睡中苏醒过来的野兽般的怒吼。他们找到镇长，要求把白头翁退了。镇长很为难，上头给的人，不是说退就能退的。而且，好不容易才来个医生，要是退了，那下个医生还不得等到猴年马月。

白头翁最后仍旧留守在了十几平方的医务室里，只是，女人们从来不去看病，就连镇上岁数最大的阿婆也是不去的。阿婆有哮喘，一犯病就大口大口地喘着粗气。气急得快喘不上来了，她便死命地拍打后背，好像她一踏进医院，这把老骨头就会被白头翁给强暴了似的。

白头翁……到底……把你怎么样了？女人娇羞的声音把静川的思绪拉了回来，她看到三丫涨红脸，能……能怎样！不就是检查，正常的检查。吁——人群中爆发出一阵长长的嘘声。三丫捋起大红衣裳，露出一圈压着一圈的黑肚子。她指了指其中一块，白头翁就是在这里按了两下，说我只是普通的拉肚子，吃两剂药就好。说完，三丫把衣裳放下，两手叉腰，等着女人们夸她胆大。

不知是哪个小蹄子，忽地冒了句话，三丫，你都被摸过了，干脆就嫁了白头翁得了。这回，三丫真生气了。谁说的，有种就给我站出来，三丫的嘴巴气鼓鼓的。三丫虽然胖，可她是有心仪的对象的，她才不愿下嫁给一个下贬的医生。三丫嚷嚷了好久，还是没有人出来，三丫的鼓风机没了撒气的地儿，只得发出更大的呼呼声响。

人群渐渐散去，三丫自觉没趣，朝着和人们相反的方向走去。没走几步，便停了下来，面前捧着木盆子的不正是静川吗？芸溪的妹妹，静川。三丫不走了，她索性扯开了嗓子喊，真早啊，孙家的小姨子。果然，女人们的眼光都齐刷刷地落到三丫和静川身上，看得静川好不自在。三丫的劲儿又上来了，她就是要让别人不舒坦，谁叫她们笑话她。你姐和孙旭宗真是绝配，才子、佳人。不像有些人，癞蛤蟆想吃天鹅肉，也不掂掂自己的分量。三丫说着，特意环顾了下四周，女人们的眼睛都快变成绿的了。三丫玩够了，最后，她对静川说，孙旭宗和芸溪大喜的日子，可别忘了她三丫。静川却端起木盆子，走了。静川说，她姐的事她管不着。老半天，三丫还杵在原地，脸色煞青煞青。在女人们的哄笑中，三丫咬了咬嘴唇皮子，死丫头，你给我记住。

静川一路小跑回家，她在屋门口的柚子树下停住脚，她看到孙旭宗正倚在门柱上望着她。哥，怎么不进去坐坐？静川说着，偷掐了下自己的手臂。你姐不在，孙旭宗看起来很失望。哦，静川开了门，把木盆摆好，要不你先坐会儿？孙旭宗进了屋，静川给他泡了杯水，便在他对面坐下。好长时间，芸溪还没有回来。静川起身对孙旭宗说，我还是去找找吧。静川刚一出门，就撞到了回来的芸溪身上。静川的不安一下子就消散了，她觉得没有比姐姐回来更好的事了。

静川挪了张小凳，坐在屋前的柚子树下。树上已经结出了几个柚子，指头点大，皮却是黄灿灿的，厚实得很。这时，一股子笑声从屋里传来，那是姐姐和孙旭宗的。刚才，芸溪喊她进屋，静川偏不，她说她要待在柚子树下晒太阳。

静川喜欢柚子树下的太阳。太阳穿过密密层层的枝叶，把犀利都给筛落了，只剩下淡淡的柔和。柚子吸收了这柔和的阳光，像个吃饱奶的娃娃，很快就长得圆滚滚的。这是棵老树了，静川很小的时候，它就扎根在那里。上小学了，静川会叫阿奶帮她摘下几个新鲜的柚子，剥开，露出一块块条形状的果肉。静川拿来调羹，一勺一勺地舀到罐子里，封好，送到孙旭宗家去。

孙旭宗家不远，隔几户人家就到。静川把罐子放到桌子上，旭宗哥，柚子我拿来了，能讲故事了吗？孙旭宗喜欢吃柚子，不过，他家是没柚子树的。孙旭宗打开罐头，吸一口气，不错，不错。他开始讲故事，讲的是《莺莺传》中的一个段子。听得静川把眼睛睁得大大的，一段讲完，还吵着要听。下次吧，孙旭宗指了指罐头，别忘了带上这个。静川连忙点头，她喜欢听故事，不喜欢吃柚子。

漫长的冬天过完前，静川储存的柚子终于用完了，她已经好久没去孙旭宗家了。有一回，她走在路上，听到孙旭宗和自己打招呼。你怎么不来听故事了？他问她。静川只好说，她没有柚子了，柚子全送光了。孙旭宗就开始笑，笑个没完，傻丫头，我不吃柚子，也可以给你讲故事呀！

不吃柚子，也可以讲故事吗？静川呆住了，但她始终还是没再去孙旭宗家。阿奶说，孙旭宗要考高中，很不容易，你可别打扰了人家。等孙旭宗上了高中，阿奶又说，人家是要考大学的，可不能在这个时候为几个柚子分心。静川就只好把柚子一个一个地摘下来，剥开，又把果肉一勺勺地舀进罐子，封上盖子，再塞进床底下。后来，孙旭宗真的考上了大学。喜讯传来，阿奶说，这下你可以去送柚子啦。静川听到白芦苇正在发出巨响，人们全拥到街上，去迎接状元郎。静川却不送了。她把藏在床底下的十几瓶柚子装进蛇皮袋里，一个人扛着，上了白苇山。静川说，要把这些烂掉的柚子全埋了。

## 四

大雪迟迟没有来到白苇镇上，天早冻得发了白，只比白苇塘边的芦苇暗一丁点。镇上的人变得不大爱出门，女人们织补衣服，男人们则喝着老酒暖身子。这是白苇镇少有的空闲日子，天一冷，活也少了许多。

这个冬天，注定是不同的。先是雪，在这个冬天快要过去前，抓住了末梢，下了起来。这一下，就不得了，雪卜子竟连成了一片，白茫茫地盖住了整个小镇。及雪止住，芸溪对静川说，她对孙旭宗没感觉了，没感觉了就要分。静川第一次觉得，感觉是这个世界上顶坏的东西。

静川穿好棉袄，要出门。芸溪在她背后喊，雪都没化干净，去哪里呀？静川不回答，走了一阵子，还是偏过头说，去还债。芸溪站得老远，她没听清。幸亏没听清，不然，她保准要跟过来。

山上的积雪比镇子上的还要深，静川爬上去，脚下发出“咯吱咯吱”的声响。她在一个坡口停下，她要找一棵老松树。大雪覆盖下的山，毕竟和平日有些不同，静川花了些时间才找到。静川立在这棵松树下，白色掩映下的老松愈加青翠，和那斑裂的树皮极不协调地搭在一起。静川把雪刨开，又从怀里拿出一把铲子，这是她出门前放的。她开始挖土，土黄色的泥巴很快渗入了周围的雪中，雪变得浑浊了。静川挖了一下午，快傍晚时，她扛了装满十多个罐子的蛇皮袋下了山。

静川拎着偌大的蛇皮袋出现在孙旭宗家时，把孙家人吓了一大跳。还是孙旭宗反应快，这不是静川嘛，快，快进来坐坐。静川跟着孙旭宗进了侧屋，还没等孙旭宗开口，她便说，我是来送柚子的。大冬天的，哪来的柚子？孙旭宗问。静川不吭声了，她解开蛇皮袋，把里面的罐子一个个地掏出来，齐齐地叠放在一边。十七瓶，静川放好后，站起身，你要不要点点？孙旭宗愣住了，他弄不明白静川怎么能在大冬天里弄到那么多柚子。你……这是做啥？他有些怕。静川说，她是来听故事的，她给柚子，他讲故事。孙旭宗说成，说柚子拿多了。静川又问，没有柚子，还能不能听？孙旭宗说，也成。这时，静川突然笑了起来，说，那就这样说定了。你还以为我真给你送柚子啊，这些罐子早就不能吃了。孙旭宗也笑了，没想到你这丫头，居然也会诓人。

静川和孙旭宗约好，在孙旭宗回学校前，静川一有空就去听故事。静川通常上完班，吃好晚饭去孙旭宗家。孙旭宗讲一小时，静川就听一小时。孙旭宗有时觉得，静川不是来听故事的，更像是来安慰他的。然而，她一次也没提起过她姐姐的事，只一个劲地夸他讲得好，孙旭宗有些感动。

孙旭宗即将回校，临走前送了静川一本书。孙旭宗说，这是他最喜欢的一本书。静川接过书，封面上写着“天龙八部”四个字。孙旭宗又问，知不知道他为什么喜欢这本书。他看静川没反应，就说，还是讲个故事给你听吧。

话说逍遥派掌门无崖子，才华横溢，武学更是无人可及。无崖子娶了李秋水，他原以为她就是他今生的最爱。可是，相处越久，无崖子越觉得李秋水不是他所要的那个女人。他为此郁郁寡欢，并终日对着那尊照着李秋水雕刻出来的玉像。而李秋水亦不清楚，为何自己的丈夫喜欢那玉像，而非本体。只可惜，无崖子至死都没弄明白，原来自己喜欢的不是李秋水，而是李秋水的小妹。

无崖子和李秋水在一起，是不会有幸福的。他只有和李秋水的小妹在一起，才有幸福可言。孙旭宗停下来，直勾勾地望着静川，你希望无崖子幸福吗？慌乱中，静川回答，她不是李秋水的小妹，希望又或者不希望，无关紧要。孙旭宗便不再问下去了。

孙旭宗和静川都没有想到，他们谈话的时候，白苇酒家正迎来了久违的热闹。痞子二马挺直了腰板，坐在店中央的太师椅上，他的一只脚架在了对面的条凳上，好不威风。二马，你又有啥好事啦？二马指了指桌上的空酒杯，意思是叫他们付酒钱。行啊，人群中传出一阵粗哑的低吼，钱老虎从口袋里掏出个钱包来，胀鼓鼓的，二马恨不得拿手心子去抓。钱老虎一手压住了钱包，只要你说的值，今天的酒钱包我身上。好，我说，我说。二马立马露了笑脸，只是别忘了，说话要算话啊。

二马拍了几下腮帮子，我要说的可是小白脸孙旭宗和白苇镇第一号大美人芸溪的情事。说吧。大伙催促道。二马却不说了，他闭上了眼，哼起小曲来。上酒、上菜，钱老虎会了意，抽出几张百元大钞，吆喝起来。先上的是三个冷菜，一盘花生米、一盘白斩鸡、一盘凉拌海蜇头，酒也很快斟上了。这是上好的女儿红，酒香瞬间四溢开来。二马夹一块鸡，喝一口酒，好酒，真是好酒呀！众人被吊足了胃口，如果不是等着听芸溪的事，真想一拳打过去，打得他找不着娘。

二马喝饱了，手仍拿着杯盏，我说那天，我怎么会想到去芸溪家？对了，二马拍了下脑瓜，芸溪不是和孙旭宗这小子好上了嘛，我就寻思着今后没准看不到她了，便想上她家去偷看几眼。等到了她家，门窗都关得紧紧的。我刚要走，却听到里头有说话声。凑近一听，果然是芸溪，她正和孙旭宗吵架呢！吵什么？有人插了句话。别急嘛，二马放低了声音，芸溪想要和那小子做那种事。啊——人群骚动起来，大冬天的，却出奇燥热。不过，那小子是个脓包。他一直推搡着，死活都不肯干。他们吵完后不久，就分了手，你说为的啥？二马讲完了，得意地看着那些吃惊的脸。

怎么可能？一个人说。只要是正常的男人，谁能挡得住那阵势？对方可是芸溪啊。大家表示赞同，又一个人说，二马，你骗吃骗喝就算了，也用不着编个下三烂的故事糊弄人。这回，二马是真火了，他头上的青筋暴了出来，根根分明。二马把手上的酒杯捏紧，使劲地敲击着桌面，砰砰作响。不过，细心的人不难发现，他敲得很有分寸，声音虽响，但还不至于把酒杯敲破。每敲一下，二马就说一个字，连起来是，我二马要说假话，天——打——雷——劈。白苇镇的人信天，大人、小孩都信。大家便觉得二马说的不全假，二马不至于为了一顿饭得罪了老天。

还有一点，让白苇镇的人确信，二马说的就是真的。那是在消息传开后的第二天，大家还探讨着这事的真伪。没想到，孙旭宗就站在后头。他用一只手捂住了发白的脸，大家都害怕他发起狂来。可是，他什么也没说，就走了。后来也没听说，他去找二马理论。镇上人都说，要是没有那档子事，他二马还能那么逍遥？女人们的心情更为复杂。她们当然不愿看到孙旭宗同芸溪这个妖精缠绵，可是，她们又不得不怀疑孙旭宗是否还正常。芸溪，可是任谁都挡不住的狐狸精呀。

收到消息时，白苇塘早已传了个遍，静川忙赶往孙旭宗家。一进屋，孙旭宗正在看书。静川一把夺过了书，都什么时候了，你怎么还看书？孙旭宗也不气恼，取过书，现在是晚上，是看书时间。他说完，继续低头看。你……知不知道二马在外头说你什么？孙旭宗说知道。知道，知道怎么不去说清楚呢？孙旭宗终于把书放了下来，他上上下下地打量了一遍静川，这可真不像你。我都不急，你急什么。他突然把声音提高了，再说，二马说的是实话。要说，由他们去。静川觉得孙旭宗是真男人，是真对姐姐好。然而，姐姐却不要他了。静川心想，自己该为他做点什么。

孙旭宗回城的那天，静川起了个大早。她堵在三岔路口上，这是通往城里必经的口子，且人流密集。孙旭宗来了，他只身一人，背着一个厚重的行囊。旭宗哥，静川叫他，我来送你。孙旭宗没想到静川会来，他打趣道，今天可没故事。我知道，静川说，她看到前头有好几个人朝他们走来。静川一咬牙，你别走，说着抱住了孙旭宗，几乎是从前边死死地抱住。孙旭宗动弹不得，他的手就僵持着，不知该往哪里放。

有人叫出声来了。静川知道，很快，这里就会挤满人，他们会把今天看到的一幕无限放大，再像无数个昨天那样传递出去。静川对着早已木讷的孙旭宗说，还不抱紧了？孙旭宗有些踟蹰，为什么在这个时候，这个地点？静川却说，因为她想做李秋水的小妹了。孙旭宗的手就从半空中落下来，将她搂在了怀里。孙旭宗感觉，眼前的女人不仅仅是只会听故事的小妹妹了，她是用她自己的方式来抚慰人呀！

## 五

正月里，孙旭宗回来了。孙旭宗一到白苇镇，就先赶去静川家，引得镇上的人啧啧发笑。很快，这种发笑又演变成了一种羡慕，听说孙旭宗的工作落实了，是城里的机关部门。

孙旭宗对静川说，他在白苇镇只能逗留几天，过几天就要去单位报到。他本来没打算回来的。那为什么又回来了？静川问。你说呢？孙旭宗又把问题抛了回来。他们都笑了。

这天晚上，他们坐在白苇塘前，这是一年中白苇塘最清静的时刻。枯了的芦苇全化进了土里，从堤岸上望去，除了泛着白光的湖面，整个塘子光秃秃的。但是，静川却分明地感觉到脚底下有东西在攒动。她知道再过不久，绿色便会再次降临在这片土地上，鱼儿、虾儿会从解冻的暖流中醒来，衔着一颗颗大而晶亮的珍珠。

孙旭宗拿出一瓶酒来，他说，今儿高兴，陪我喝点酒吧。说完，自己先喝了一口。静川推说自己不会喝，孙旭宗却说，这是自家酿的米酒，喝得。静川也啜了口，果然，酒香醇厚，还带有点甜甜的稻谷香。这就对了嘛，孙旭宗看着静川说，这酒不醉人。他开始大口大口地喝起来，没多久，瓶就见了底。

孙旭宗其实酒量不大，刚才偏又喝得急。这会，酒气早已窜到了脸上、颈上，起了红。孙旭宗觉得头有些发晕，顺手把上衣扣子解了，横躺在塘上。静川被吓得不轻，她连声问，旭宗哥，没事吧？没事。这时，一阵强劲的风从远处刮来。早前孙旭宗听说，醉酒的人倘使吹几口风，便自然会清醒。可等风过去，他反倒觉得更加晕眩，坐着的静川变成了两个，不，是三个影子。

静川，你也躺下来，这地儿舒服着哩！孙旭宗说着，要拉静川。静川说好，她在孙旭宗边上躺下。白花花的月亮照着白苇塘，照着静川，也照着他俩牵着的手。静川的手软软的，不冷也不热，那是女人身体所特有的手。孙旭宗心头一热，全身颤栗起来。

孙旭宗记得初三那年，也有过类似的颤栗。那晚，他做了一个很长很长的梦。梦里面，他始终在追一个女人。女人是谁，长什么样，他全忘了，他只知道她对他是特别的。他终于在一个死胡同截住了她，他上前抱住她。女人挣扎起来，不停地号叫，犹如一条银蛇在他体内游窜，湿软地抚过他的每一寸肌肤。啊——醒来时，他浑身仍不住地颤动，好像整个人都被那种酥软吞噬了，不再是自己。一低头，裤子底下湿漉漉的一块，他知道自己从此便是男人了。

现在，男人孙旭宗的身体里强烈地渴望膨胀，他需要温柔的银蛇蜿蜒在他的骨骼上，尽情地蛊惑他。他看到月光下，静川的身子镀上了一层银光，冷冷的，正好能驱散他的热气。孙旭宗扑了上去，死死地压住那条银蛇，他看到对方的眼睛因惊恐而睁得大大的。接着，她在他怀里死命地扭动，他意识到她想要逃脱，像梦里那样。孙旭宗加大了气力，按住了她想要反抗的手。一碰到她的身体，他就像是在酷暑中跳进了冰凉的大池子，畅快。他肆意地摸起来，双手揉捏着她凸起的奶子。

事情本就应该按着孙旭宗所希望的进展下去，他要在凉池里畅游一番，向白苇塘宣告他的蜕变。可是，他还没来得及享受，一记耳光打了过来。他能听到耳光扇在脸上发出的清脆声，除此之外，他什么也感受不到。他看到两行泪水正从静川的眼窝子里出来，往下流淌。她坐在离他不远处，蜷缩成一团。他应该继续狩猎那还没逃远的猎物，然而，他停顿了。一停顿，气就泄了，他身体里的欲望在悔恨到来前全跑了个光。他成了罪人，呆呆地立在原地。好久，他才想起该和她说声对不起

心底里，静川不知原谅了孙旭宗几百遍。她一遍遍地告诉自己，孙旭宗是喝醉了，呼到她脸上的全是酒味。是的，他喝醉了，要不是醉酒……他可是连姐姐都没有碰啊。静川说服好自己，却不肯再向前跨一步。她打定主意，直到孙旭宗回城前，不去找他。

孙旭宗也没来找静川。静川可以想象，孙旭宗因为自责而懊丧着的脸，又或者远远地在她家门口徘徊，始终不敢进来。她觉得无论是他还是她，都是事件的受害者。在这种时刻见面，无疑是不妥的。她盘算着，等孙旭宗下次回来，就不再提这事。到那时，她一定可以做到。

三丫就是在这时候，摆动着她肥鸭似的臀部，跨进了静川家。就你一人在家？你姐呢？三丫也不等静川开口，自己就坐下

了。我姐去城里了。静川冷冷地说，她不知道三丫来做什么。那正好，三丫说，这种事，还是人少点比较好。三丫把一条腿架在另一条腿上，两条腿顿时被压成了肥肥的一团，我是来好心提醒你，管好你的男朋友。我们的事，用不着你操心。呦，架子倒是不小啊！三丫提高了嗓门，那也要有本事管才行。我告诉你，孙旭宗都摸到我上头来了。你……你胡说。静川不信。三丫撇了下巴颏，就知道你不信。明天中午十二点，白苇塘边，我等着你。你要是不来，就说明你心虚，信不过孙旭宗。

春天的太阳光洒在白苇塘上，弱弱地，只留有一丝温热。三丫到时，塘边已经聚集了不少女人。你们来啦，三丫挥动手臂，像是个指挥官。三丫，大中午的，叫我们来干啥呀？别急嘛，一会就知道。三丫环视了一圈，没有发现静川的影子。这死丫头，她骂了一句。这时，三丫感到有人正朝着她们走来，她眯上眼，嘿，是静川没错。三丫几乎是兴奋地叫起来，我三丫，今儿把大家叫来为的就是一件事。那就是，三丫顿了顿，等待着静川到她面前，我被孙旭宗摸了。

人群中先是一片死寂，仿佛有块巨大的海绵把声音一股脑都吸走了。继而，爆发出越来越大的笑声。三丫，你是想男人想疯了吧。你害不害臊呀？你说的是孙旭宗？不可能。白苇塘被女人们的抢白覆盖了。

三丫深吸了一口气，面对女人们的质疑，她似乎早有准备。她要靠接下来的一幕，让所有人都不敢再小看她。三丫几乎是飞速地扒下了她那被汗水浸湿了的短衫，里面两只奶子就在胸罩的包裹下半遮半掩地露了面。这真是一对巨乳。虽说大家知道三丫奶大，可今天见了真面目，才知道它不是一般的巨大。三丫的身子一动，那对东西就随着晃荡起来，一耸一耸，活像奶牛。

不就是大嘛，根本不能说明什么问题，三丫听到有人说。她不允许在这时候功亏一篑。她套上短衫，从口袋里拿出样东西，仔细看，是根头发。三丫把这一寸来长的黑发往众人眼前晃了个遍，看到了吧，这可是孙旭宗的头发。哈哈，女人们再次发起笑来，你说这是孙旭宗的就是孙旭宗的，你有证据不？证据……三丫紧紧捏着头发，这就是证据，是我从孙旭宗头上拔下来的。这是他的头发，还假得了？三丫看到无数个炮弹向她砸来，一根头发能证明什么，说不定是你捡的。也说不定，是你从哪个其他男人头上拔下来的。自己也不照照镜子，孙旭宗会看上你……

太阳像是下去了，三丫感觉自己置身于黑黝黝的大海当中，除了海浪声，什么也感受不到。浪花一潮一潮地向她打来，她仍紧捏头发，屹立着，她不知道自己还能支撑多久。我信，顺着声音，三丫看到凤凤挡在人前，她像一座灯塔，在漆黑的暴风雨中闪亮。凤凤，你昏了头啦，三丫的话也信。凤凤没答话，她走到三丫旁边说，我信你说的，不是相信你，而是信我自己。因为我……我也被摸了。凤凤终于说出来了，她看到静川用一种近乎乞怜的目光看着她，看得她别过脸去。女人们缄默了，她们此刻的心情找不着任何一个词可以形容。三丫却老不高兴，她不喜欢凤凤的这种方式，哪怕凤凤救了她。

白苇塘疯了，全疯了，从那个正午开始。到处都是三丫和凤凤，又或者是想要成为下一个三丫和凤凤。静川看到她们在太阳底下肆意地走来走去，发出银铃般的谄笑。那笑声里饱含着她们诱人的身体，饱含着骨子里的鄙夷。静川听出来了，所有的人都在笑话她，管不住自己的男朋友。不然，他怎么会被别的女人勾引去了呢?

究竟是怎么了？静川孤零零地面对着一墙白壁，她想姐姐，也想孙旭宗。然而，姐姐托人捎了口信，说要暂时住城里，不回来了。同样不回来的，还有孙旭宗，连同那一串串快要发了霉的问号。空气中弥漫着呛人的潮湿味，静川知道，白苇塘的雨季来临了。

## 六

漫长的雨季结束前，静川生了一场病。疼痛随着湿气钻进了她的脑部，她只得躺在床上，靠吃些土方子挨过去。过了好几天，病仍是没有好转。疼痛从头部扩散到了全身，她能清晰地感受到灼烧的刺痛感。静川知道，自己是非去看病不可了。

白头翁侧坐在木椅上，静川进医务室时，他正在看一本杂志。白头翁微微抬眼，不禁怔了一下，对于这个镇子上来看病的女人，他还不大适应。上一个来看病的，是个皮肤黢黑的胖姑娘。她一坐下来，就从上到下瞅了他一遍，然后告诉他，她三丫可不是好惹的。好好看病，别毛手毛脚的。她说话底气十足，一点也看不出生病的样子。可肚子痛起来，却又哎哟哎哟叫个不停。

哪儿不舒服？趁着询问，白头翁扫了下对面的姑娘。瘦、白，这是她给他的第一印象，和上次那胖姑娘刚好反了个个儿。头疼得慌。他听到她的回答，虚弱的。白头翁依例伸手，要摸她的头，他看到她快速地往后缩了下。白头翁把手收回，量下体温吧。他把一根体温计递给她。果然，体温高得吓人。

最好打剂针，会好得快些。然而，白头翁从静川的眼神里读到了害怕。吃药也行，他说着，在单子上写了起来，白纸上立刻多了几道潦草的画符。怎么吃我都写在上面了，他反身抓了药给她。还有，多用冷毛巾敷头，如果明后天还不舒服，再过来看吧。白头翁说完，继续低下头看他的杂志，他在等着她的离去。但好半天，对方都没有动静，他这才发现，她昏过去了。

醒来时，静川躺在了一张木板床上，头上搭着块冰凉的湿毛巾。她记得，刚才她还在医务室里，后来就什么都不知道了。她从床上爬起来，头似乎不那么痛了，身体也轻盈了些。她听到一个男人的声音，你醒啦。隔着帘子，她看到白头翁抽着烟，手里仍拿着本杂志。谢谢。静川大概明白了怎么回事。应该我来说才对，白头翁苦笑了下，谢谢你没有醒来就尖叫。静川心里疙瘩了下，她想起刚刚他伸出手，她的身体就不由地往后退。

你和我想象的一点儿也不一样。老半天，静川才想出句安慰他的话。别轻易下结论，人可不是那么容易就被看穿的，白头翁依旧盯着他的杂志。这真是个谜一样的男人，静川想着，出了医务室。

雨季几乎是伴随着燥热的夏季消失的，白苇塘的人们才去了湿气，这会又希冀成天泡在水洼里。天是出奇的热，只有蝉，唱得愈加欢快了。静川屋门口的柚子树上就聚集了不少，没日没夜地嘶叫。

静川喜欢蝉叫，尤其在黑夜。烧退以后，她便怎么都睡不着了。这个时候，如果外面万籁无声，那无疑是孤独的、可怜的。蝉的欢叫，更像是一剂定心丸，证明着至少还有某种生物在陪伴着她。

在蝉叫声中，静川一次次地回忆有关她和孙旭宗的一切。她送他柚子，他给她讲故事，然后在一个月亮照的人煞白的夜晚，故事戛然而止。她没有等到他的道歉，而是等到了三丫和凤凤，乃至整个白苇镇女人的质问。这些情节，静川熟稔地如同小时候背诵的古诗。但她还是每天回味一遍，像放电影似的。她有时也会想，在只有蝉鸣做伴的夜里，是不是也有别的女人会和她一样失眠。现在，白苇镇的人们已经很少谈起孙旭宗了。只听说，他混得不错，过阵子，还要把他父母接去城里住。他终究消失了，就像他从来不存在过。

但是，如果他还回来呢？偶尔，静川也会往好处想。她突然想起了白头翁，那个奇怪的男人。病好以后，静川去看过他两次。一次，白头翁正对着一组人体构造图，下面某个部位的凸起寓示着这是个男性。静川羞得把头藏进了衣袖，白头翁却说，这有什么。上医学院的时候，我们天天解剖，男人、女人都有。静川这才把手拿开，但还是不敢正眼看。白头翁很认真地看着某个部分说，这是我们医生必须要掌握的东西，就好比你们个个都会加工珍珠一个样。男人和女人，说白了，就是两具拥有不同器官的生物。不带有情感地看，并没有什么不同。他说得很严肃，静川的眼前忽地就出现了那个被扒光了衣服的女人，一个只是拥有和男人不同器官的女人。

还有一次，他问她知不知道“食色，性也”这句话。他的脸上看不出一点轻浮味，反而满是沧桑。静川便猜想，他是看到了自己的过去。可转念一想，这个男人又从不在人前解释自己的过去，光凭这一句话，又如何判断。临走前，白头翁对她说，男人有时候更需要的是理解和宽容，别苦了别人，也苦了自己。她这才明白，他是在劝慰她。白苇镇就像个传声筒，能把他白头翁的事由东传到西，也就能把她静川的事由南传到北。

这时，静川就会想，孙旭宗快回来吧。只要他回来，她会理解的。三丫、凤凤，让她们都沉到白苇塘底去吧，还有那个月亮煞白的夜晚。如果再来一次，她会选择沉默，像只小羊羔，安静地接受他的抚摸。她是横了心了。

然后，秋天来了，又走了。静川呆呆地立在白苇塘的风口，迎接更加寒冷的冬天。她仿佛看到岸上只剩下了光秃的枝丫，病恹恹地望着一池结了冰的湖水。然后，冰化了，春天又来了。然后，是夏天，秋天。然后……

## 七

孙旭宗是在静川掰着第四根手指头的时候回来的，他赶在最后一只知了落地前回来了。他胖了，肚子上平添了一圈肉，腰上系着的镀金腰带便凸了出来，格外扎眼。白苇镇再次沸腾，一如他考上大学的那年。镇上人都说，孙旭宗在外头发财啦，发大财了。

静川正在厂里上班，她听到白苇镇正在发出巨响，到处充斥着鞭炮声、道喜声。静川知道，是他——孙旭宗回来了。她还在这里做什么，她应该跑，赶紧跑回到家里去。她要在他到来之前，坐到那面黄澄澄的大镜子前，好好地梳妆打扮一番，就像她姐姐那样。哦，不，静川想起她好久没照镜子了，镜子上早已蒙上了一层灰。她必须先擦拭那面铜镜，让它变得像从前那样发出光亮……

她开始拼命地朝家跑去，在离家还有一段距离的地方，她看到了他。他就站在屋门口的柚子树下，阳光透过厚厚的树叶照到他脸上，散发出一种淡淡的柔美。他也看到了她，静川，他叫得很大声。静川也想像他那样叫，肆无忌惮地，然后冲上去抱住他，可有一口东西卡在她的喉咙，她叫不出声来。她看到他的身后还有一个挺着滚圆肚子的女人，那是她姐姐芸溪。

之后的事，静川记不清了。她不知道自己是何时进的屋，又如何坐下。她什么都懒得想，也懒得问。灯光下，芸溪凸起的肚子显得很奇怪。她用手去摸它，硬硬的，像个实心球。咚——那个实心球动了一下，重重地投到了静川的手心上，传递到她的每一根神经。她明白了，这是属于孙旭宗和她姐姐的，而不是她的。

静川忽地大笑起来，笑得眼泪水都呛出来了，她还在笑。这些年来，高兴的，伤心的，困惑的，理解的，一下子都变得不重要了。你笑什么呢？她听到姐姐担心地问。我真高兴，我是打心眼里高兴，她听到自己的声音近乎飘荡，我生命中最重要的两个人一起回来了。

孙旭宗和芸溪的婚礼是在他们回来后的一个月内操办的。由于新娘子肚子已经很大，再拖就来不及了，所以婚礼有些仓促。场面却是空前的热闹，孙旭宗包下了白苇酒家，请全镇子的人喝酒。整个仪式，迎宾、敬酒几乎都是他一人运作。新娘子是最后出的场，她穿着一件改制过的旗袍，整个儿地膘肥了。男人们望着她浮肿的脸，不由得感叹一代美人不再。然而这晚的芸溪，却成了全白苇镇女人羡慕的对象。好多人都哭了，哭得最厉害的是三丫。三丫哭嚷着说，她就是没怀上孙旭宗的种，棋差一着啊！哭喊声中，孙旭宗的单身生涯，连同姑娘们的幻想，全都在那一天画上了句号。

静川是少数几个没哭的女人。孙旭宗大婚当天，她早早地起了床，摸到黄铜镜子前。她开始搽粉、描眉，在嘴唇上抹上一点红，就像她姐姐那样。看着镜子里那个陌生而又熟悉的自己，她想起，这是她第一次化妆。

不得不说，这是一场特殊的婚宴。一个大肚子的新娘子，一个成功抢镜的妹妹，还有多过笑声的悲戚声、哀叹声。不管怎样，随着饭菜的逐渐减少，这场宴席即将结束。结束后，孙旭宗和芸溪将返回城里，在那里，他们还将举办一个更为盛大的婚礼。

人潮渐渐散去，谁都没有想到，静川会在这个时候站出来。她要大家安静下来，听她宣布一件重要的事情。是的，那消息足以轰动全镇。他们听到静川说，她要结婚了，对象是镇上的医生白头翁。多年以后，镇上的人们对于当时那爆炸性的新闻早已不以为然了。只是，静川说话时的那张脸叫人怎么也捉摸不透。那是张初春时节白苇塘的脸，冰冷中带着些许柔，仿佛是经历过大喜大悲，再也受不起人间多彩的表情。

白头翁是婚宴后第二天知道这事的，他一般不参加镇上类似的集会，因为从没有人请他。他在白苇塘边找到了静川，他想要告诉她，他们不合适。他们之间，没有爱情。可当他望着她湖水一般静谧的眼睛时，他什么也不忍说出来了。从她嘤嘤的哭泣声中，他知道，她爱的人走了，再也不会回来了。白头翁心软了，他对她说，哭什么哭？你不是还有我吗？走，我们准备结婚去！

四个月后，静川和白头翁结婚了。请的还是白苇镇上的人，地儿还是白苇酒家，只是悲戚转而成了一种平静。白苇镇的人都说好，说这回是彻底清静了。

大婚那晚，静川平躺在大红木床上，右手边是她的新婚丈夫。白头翁看了看光溜溜的她，说，我要进去了啊。他显得很紧张，怕伤着了静川。静川应了一声，并表示她不害怕。白头翁迟疑了一下，心里有些难过。他是情愿她害怕，甚至颤栗的，他觉得她应该是那样。然后，静川感觉自己被一样东西插入了，除了充实，什么感觉也没有。眼泪就在这个时候流了出来，猝不及防。

窗外，白苇塘迎来了这个冬天的第一场雪。雪飘落下来，掩盖住了这静静的夜。

# 无影人

## 一

如果陈裕民的人生能像某部纪录片那样拍摄下来的话，那么他这辈子大概也曾想得到过某些东西的。那是一次数学考试，陈裕民居然得了一百分。这真是件破天荒的事情，陈裕民的成绩并不算好，书念到五年级，这样的好事还是头一遭。试卷发下来以后，陈裕民把它捏在手里，看了又看，他甚至舍不得把它塞进书包里，他怕它一放进书包就被轻易地弄皱了。那天，他就这样一直捏着它，直到放学铃声响起，他像匹得以从马圈里逃脱的马一般颠颠地跑回了家。父亲刚从丝绸厂下班回家，坐在一张椅子上看报。陈裕民把嗓门放大了，爸。父亲的头抬起来了，也就是这一抬，陈裕民再也没敢把后面的话说下去。他踮着脚丫，走到父亲跟前，把那张试卷递了过去。试卷上的那个一百分写得很潦草，但这并不影响它扎了眼的红，父亲瞅了瞅那张试卷，把报纸搁下了。裕民啊。父亲本来想说什么的，但父亲还没说，就被外头的声音打断了。爸，我今天考试了。陈裕民转过头，看到陈伟民立在房门口，他把书包拿下来，很熟练地从里面取出一张试卷。你猜我考了多少？陈伟民说着走了过来，他经过陈裕民身旁时，陈裕民注意到他睨了自己一眼。

倘若这事发生在平时，陈裕民的头肯定矮下去了。在和陈伟民长达十三年的较量里，陈裕民的胜率几乎为零。学习啦，运动啦，唱歌啦，画画啦，甚至于打牌、掐架，也都以陈伟民的胜利而告终。陈裕民有时会想，老天究竟是怎样不公平，让这个比他晚出生几分钟的弟弟如此优秀。但那天，陈裕民却把头扬得高高的。陈裕民想，我考的是一百分，一百分是什么意思，哪怕你陈伟民考了一百，也不过打个平手。父亲已经腾出一只手来接那张卷子了，陈裕民看到父亲的眼睛眯了一下，又瞪大了。啊呀，一百一十呀。陈裕民一下子愣住了，他压根忘了还有附加题这回事。他不禁后悔起来，后悔自己高兴得太早，也后悔自己没去隔壁班打探下陈伟民的分数再回家报信。父亲的眉头舒展开来了，伟民啊，我就知道你会考好的……

这应该是陈裕民生命中最刻骨的记忆了。以后，陈裕民再没了这样的机会，日子显得很是平淡。初中毕业后，他到一家茶厂工作，在这点上，陈裕民倒并不介意，他成绩本来就不好，早点上班，也不失为一种解脱。但某天，陈裕民下班回家，还没到家门口就听到父亲说，伟民，你多吃点，念书费脑，我们家也就能出你一个大学生。父亲让陈伟民先吃饭的事情陈裕民是知道的，陈伟民现在念高三，多补充些营养亦无可厚非。只是，陈裕民的脚还是被钉住了，父亲舒展着眉头说，伟民啊，我就知道你会考好的景象再次跃到了他眼前。他木然地站在门口，老半天，都没有进去。

也就是那一天，陈裕民跟家里人说，他病了，需要休息几天。陈裕民在家一躺就躺了三天，三天里，除了吃饭、上厕所，其余的时间，他都没下床。他母亲只当他病了，给他配了点感冒药就算完事。直到三天后，车间主任突然造访，他们才晓得儿子辞职不干了。为什么说不干就不干了？父亲问陈裕民。陈裕民没有回答，他把自己缩在家里的那只小板凳上，眼睛直呆呆地平视前方。父亲的声音响起来了，小畜生，你倒是给我说清楚，好好的，为什么不去上班？陈裕民还是没有吭声。父亲的手抬起来了，小畜生，书么书不好好读，现在连工作也不要做了，你什么时候才能像你弟弟那样让我省心。陈裕民依旧一动不动，他就任由父亲的手掌噼里啪啦地打在他头上。他母亲则退在一旁，一副想帮又不敢帮的样子。

这场闹剧最终还是车间主任解的围。主任说，年轻人嘛，一时冲动也很正常，幸亏车间里没有把这件事汇报上去，现在回去还来得及。大家这才明白主任其实是来劝陈裕民的，父亲当即谢了又谢，但陈裕民却表示，他绝对不会再回去了。畜生！你是不是脑西搭牢了？父亲骂道。陈裕民沉默了会儿，说了句令在场所有人都瞠目结舌的话来。陈裕民说的是，我要去开出租车，我要赚钱，赚大钱。

陈裕民说的话完全发自肺腑，父亲却冷哼了一声，陈裕民，别说我看不起你，但你是什么样的种，我这个做老子的还是清楚的。赚大钱，屁！你要是能赚大钱，老子立马低头叫你三声爸。父亲因为气愤，语速几乎比平时快了一倍，他那张因为患有心脏病而常年浮肿着的脸则憋得通红。陈裕民当时也不知是否因为这句话，总之，他像是卯上了。他恨恨地咬了下嘴唇皮，跟父亲说，好，你等着，会有那么一天的。

父亲当然没有因为陈裕民的这句狠话就答应他，母亲为此天天在父亲跟前求，求他给这个不争气的儿子一次机会，去学那会儿的时鲜活——开车。父亲当然不应允，你以为学车是那么容易的事吗？别的不说，光学费、食宿费就要八千多块，这钱给了他，你能保证不是打水漂？母亲就不作声了，八千多块钱，在那时确实不是个小数目。陈裕民呢，说了那句话后，反倒泄了气。每天，他都要睡到十一二点才起来，等吃过午饭，继续再睡。

有一天，陈裕民还睡着，父亲回来了。他见陈裕民裹着个毛巾毯躺在床上，气自是不打一处来。他随手操起搁在床旁边的鸡毛掸子就去打陈裕民，小畜生，叫你睡，叫你睡。陈裕民被鸡毛掸子打中了腿，不免有些愠怒。他从床上一跃而起，又盘腿坐了下来。你以为我想睡啊，还不是因为你，你不让我学车，又不许我睡觉，算什么本事？父亲不再打下去了，他把鸡毛掸子往地上一扔，说，好好好，你有本事是吧，我现在就去拿钱，看看你能搞出什么名堂。

陈裕民以为父亲只是随口说说而已，他固执地认为像父亲这样精打细算的人不可能愚蠢到会把钱给他。可父亲却真的把钱拿来了，父亲拿着本存折，说，给你，这里总共有一万块，我都给你。明天开始，你就去学。父亲说完掉头走了，留下陈裕民独自一人待在房间里。陈裕民没有去拿那本存折，他不用看也知道这上面爬满了许多密密匝匝的数字，这时候，他才发现自己其实是在害怕，他害怕这些数字同他父亲一样把他掐牢了。

## 二

现在，陈裕民四十五岁了。他同母亲窝在一间八平方米的房间里。母亲睡一张木床，他睡的是一张钢丝床。钢丝床是陈伟民不晓得从哪里拉来的，陈裕民回家后的第二天，陈伟民踢了踢床脚，对他说，这是你的床，以后你就睡这里。睡在钢丝床上当然是不舒服的，但陈裕民没有反对，陈裕民把自己往钢丝床上一放，并未觉得有何不妥。大多数时间，他会躺在那张钢丝床上睡觉、发呆，又或者听一会儿广播。调频九十一点八在放一首不知名的乐曲，调频九十六点八在朗诵一首诗，调频一〇五点四则在播报某地发生的一场地震。每换一个频道，主持人的声音便随之变换起来，或轻松欢快，或低沉伤感。但说到底，这些与他陈裕民是无关的。他听了会儿，又重新把眼睛闭上了。

陈裕民是再次回家后开始迷恋上听广播的。那天下午，当他站在那栋土灰色的楼房底下，许多记忆若高速划过的流星朝他扑面而来。那么多年过去了，那些事他还以为自己早忘了，但那一刻，他好像连上了某个穿越时空的连接器。总之，那些画面清晰而真实，就好像他还是过去那个他，他站在父亲面前，对父亲说，我的手摔伤了。这倒是事实，陈裕民的手是学车不久后伤掉的，他说不清是怎么回事，脑袋一空，就从楼梯上滚了下来。等他爬起来，才发现胳膊抓心的疼。看来他得有一段时间不能学车了，他无不担忧，同时又有些窃喜。

父亲却快被他气疯了，那么说，你又可以休息一阵子了？等手好了，我会再去学的。陈裕民说。父亲显然不再相信他了，我看你是故意的吧？故意把手弄伤，就好不去学车。小畜生，父亲连话都讲不清了，我就知道会是这样……你这种人能做什么……我就不该听你妈的，给你砸那笔钱……陈裕民这才发觉原来无论自己做什么或怎么做，在父亲眼里，都是不成器的。也许，他是曾想过不学车，学车那么累、那么难，但他绝不可能卑鄙至此。

愤怒、委屈从里头涌了上来，他想跟父亲争辩，却一句话也说不出来。再看父亲，已经折回房间里了，出来时，手里抱着一堆东西。我像你这么大的时候，早就开始养家了。我不指望你像我一样，但你从今往后也别想从这个家里拿到一分钱！父亲说着把手上的东西一件一件地丢到屋外。父亲这回是铁了心要惩罚他，他母亲不敢帮他，只用手示意他先走。陈裕民在原地呆呆地杵了会儿，决定从地上捡起那些东西。他弯下腰的时候，听到了一阵自行车铃声。是陈伟民。陈伟民骑着辆半旧的自行车，嗖的一下就从他身边窜过去了。父亲久违的含有笑意的声音响起来了，哎呀，是伟民回来了啊。

这样想来，陈裕民其实是用不着回来的。当初是父亲将他赶出家门，而他在监狱的这些年，他们（父亲、弟弟，还有母亲，那个还算疼他的母亲）甚至都没来看过他。他像是被他们遗忘了，若挥发了的酒精一般。他明明可以不回来的，但他才出监狱大门，双脚便不受控制起来。他开始跑起来，他跑得越来越快，直到他穿过大半个城市，在那栋土灰色的楼房前才停下来。他在那栋楼房前立了一会儿，决定爬上去看一眼。可等到了家门口，他又犹豫起来。他不确定自己是否应该敲门。

门却吱啦一声开了。一个女人，老的，瘦小的——那是他母亲——弓着背走了出来，她手里拎着袋垃圾，她是去楼下倒垃圾的。裕民！母亲的眼光里闪过一下惊异，这么多年了，尽管他变得连他自己都觉得有些陌生了，但她还是把他认出来了。回来就好，回来就好。她也不管手上的那袋垃圾，拉住他的手就往里面走。他顺着她的牵引，像头一次串门般走进了家门。

家里还是老样子。一张黄色的木桌，几把木椅，一台矮冰箱和一个老旧的碗柜。那么多年过去了，家里竟一点变化都没有。母亲将他拉到一张椅子前，说，路上肯定累坏了吧，快坐下休息休息。她的手仍紧捏着他的，不等他回答，又说，我老早就想去看你了，可你爸他不让。后来，他虽然不在了，但伟民说你已经不在这里了，被押去了另一座城市……他听着母亲的话，突然就醒悟了过来。一直以来，他都在这座城市服刑，可他那个所谓的弟弟居然这样骗母亲。但这并不是最叫他意外的，最叫他意外的是她说他不在了。他似乎不敢相信，又问了一遍，他……不在了？嗯，母亲说着朝斜后方指了一下，他偏过头，看到了一张照片。是父亲。父亲和过去一样，板着张脸，毫无表情地望着他。只不过，这次，他被挂在了墙上。他不知道该说什么，只觉得胸口说不出的难过。那一刻，他终于晓得自己这辈子都不可能再向父亲证明什么了，他不可能成为父亲所希望的那种人，呼风唤雨，无论走到哪都是一派风光。可他却是打心底里想跟父亲谈谈的，谈谈他的这些日子，也谈谈他的想法。父亲一定不能理解，是的，他在他眼里就是个失败者，一个犯了事的囚犯，但谁说犯人就不能有想法呢？

房间里起了一阵踢踏声。一个男人拖着双拖鞋，从里面走了出来。他看上去没睡醒，眼睛半眯着，一只手在头上胡乱地抓挠。不消说，男人看见这个早已被他遗忘的哥哥不禁吓了一大跳，而同样感到吃惊的还有陈裕民自己。陈裕民没想到陈伟民还会住在这里。在他们碰面以前，他还以为陈伟民会按照父亲的意愿考上大学，当上个小官，再在所有人艳羡的目光下娶个漂亮老婆，生个白白胖胖的儿子。

后来，那是陈裕民在家里待了一段日子以后了，他才晓得陈伟民的那场高考考砸了。陈伟民从考场里出来，只觉得天旋地转，一切都完了。他那个比任何人都在乎这场考试的父亲呢，早就喜滋滋地站在楼梯口等他，可看到的却是个灰头土脸的陈伟民。父亲的脸色就有些难看了，但他还是忍住没有发火。父亲说，不就一次考试嘛，大不了明年再来过。陈伟民却摆了摆手，说，我不读了，再也不读了，读书有什么用，还不如去赚钱。若是在平时，父亲必定会大表赞同，毕竟这是他最最宝贝的儿子伟民。但那天，不知为什么，父亲却从他身上看到了他那不争气的哥哥的影子，父亲的眉头就蹙起来了。胡闹！父亲说，你好好的一块读书的料，不读书怎么行？但陈伟民是怎么都不肯读了，他甚至联系到了陈裕民之前的那家驾校。爸，你放心，我同那个人不一样。陈伟民拍了拍胸脯保证道，你就等着好好享福吧。

陈伟民的话说中了一半。几个月以后，他成功拿到了驾驶证，并到一家出租车公司上班。但他只高兴了没几天。几天后，他开着夏利，突然，就跟撞了鬼似的，前方空无一物的马路上横生出了一辆车来。陈伟民一下就慌了，等再踩刹车，哪里还来得及。夏利的车头凹陷下去了，陈伟民的右手也被碎裂的玻璃拉开了好几道口子。等他从变形的车子里爬出来，只觉得自己快死了。远处，一辆被他撞开了的车上，许多血像糨糊似的涂在了车窗上，陈伟民颤抖起来，他觉得自己从来都没有这样颤抖过。这种颤抖使得他终于意识到自己还活着，可这种活着，还不如死了。

被陈伟民撞到的那个人最终没有死，但需要赔一大笔钱。父亲为了赔那一大笔款项，几乎把家里能卖的都卖了，仍是不够。陈伟民则被那一下给撞蒙了，这事以后，他像是变了个人，也不说话，只是成天把自己关在房间里。有天，父亲刚从外头回来，看到陈伟民趴在桌子上发呆，父亲的火气就上来了。父亲说，你晓不晓得我今天去哪里了？陈伟民看了眼父亲，没有出声。借钱！去你表姑家借钱！父亲的声音提上去了，能听到他喉咙口呼哧呼哧的响声。亏你还吃得消在这里闲坐，我这张老脸都要被你丢光了。陈伟民仍旧趴在桌子上，忽地，从他嘴里蹦出句话来，你要觉得丢脸就别去好了。这下轮到父亲发愣了，他一时想不出该怎么回击陈伟民，过了好久才冷哼了声，说，算我瞎了眼，我还以为你会同你那个哥不一样。父亲以为陈伟民至少会反驳些什么的，可陈伟民连理都没有理他，又继续管自己发呆了。

也就在那天晚上，父亲去了。是心脏病发，母亲起来如厕时发现的。母亲晚上如厕必定要开灯，当她拉动拉线开关，却发现边上的父亲没了动静。母亲慌了，随即尖叫了起来。陈伟民是听到母亲的尖叫声跑过来的，他盯了会儿父亲的那具尸体，只说了几个字，上殡仪馆吧。

## 三

墙上的时钟已经走到了四点。陈裕民纵是万般不情愿，也只能从钢丝床上起来，去家门口不远的菜市场买菜。菜是陈伟民出门前跟陈裕民说好的。陈伟民说，今天烧个红烧肉，肉丝豆腐汤，蔬菜的话，你随便买点好了。陈裕民便去菜市场兜了一圈，买了一块豆腐、一把青菜同一斤猪肉。

陈裕民刚回来那会儿是不用买菜的。他总是睡到傍晚六点才起来，他母亲老早就买好菜了，她通常守着那只煤饼炉子炒菜、烧饭。等饭烧好，她会到房间里转上一圈，说，裕民啊，你也该找个女人了。这是母亲一贯的开头，她认为儿子虽然不争气，但还是可以娶个老婆，再给她生个孙子的。不，不是可以，而是应该。和陈裕民母亲同辈的女人们，基本全都抱上了孙子、孙女，她们以一种胜利者的姿态在她跟前晃来晃去，这使她很难堪。陈裕民有些心烦，他把棉被拉高蒙住头，又或者打开收音机，从收音机里传出的音乐声把母亲的叨唠削弱了。

但母亲显然还没死心，她又提高了音量说起阿东来。我听说，连阿东都讨老婆了。阿东是陈裕民的发小，他们两家过去是邻居，因此常玩在一块。阿东人机灵，又讲义气，唯一的缺憾就是矮。阿东一米六五的个头挨着陈裕民，就好似某个傍着大哥的小弟。说起来，陈裕民那次犯事还同阿东有关，只是，那以后，他们就像是切断了信号的两只电话，再也没了联系。我越想越想不通，母亲的神色里满是鄙夷，额上的抬头纹也愈发细密了，他那样的三等残废都有老婆了，你又有什么不可以？陈裕民没有接话，事实上，母亲为了让他结婚，不止一次编造了其他人的所谓幸福生活，因此，他很怀疑这个消息的真实性。更何况，陈裕民想，就算是真的，又能怎么样？他阿东是阿东，我是我，凭什么他结了婚，我就要跟着结婚、生孩子呢？但陈裕民最后也没有把这些话讲出来，和母亲相处久了，他晓得压制母亲的撒手锏。陈裕民说的是，要结你让伟民去结好了。果然，母亲的脸拉下来了，她在房间里待了一会儿，又悻悻地离开了。

陈裕民原本以为自己的日子是一成不变的，睡觉、听广播，然后等母亲做饭给他和陈伟民吃，可母亲却病了。那天，她像往常一样烧煤饼炉子，猝然就倒在了地上。等她醒来，那两条腿哪里还站得起来？不仅如此，连讲话都含糊了。陈伟民也曾带着母亲去医院吃药、推拿，但那根本毫无效果。不久，他便决定完全放弃治疗，任由母亲没日没夜地躺在那张木床上。只是，家里的活还是得有人干的。陈伟民对陈裕民说，妈现在病了，你总要做点什么的。你不能要我养着你，还要我烧饭给你吃吧？

从本质上来讲，陈伟民是对的。自打陈裕民回家以来，没往家里添过一毛钱。家里的水电费、饭菜费是陈伟民出的，而日用品上的花销则是从母亲的退休工资里扣的。要不是母亲拥有这套房子的产权，又要他留下来，那他或许早就被陈伟民赶走了。但陈裕民不想烧菜、做饭、洗衣服，所以，陈裕民就一声不吭地坐在那里。你不做饭也可以，陈伟民的嘴角微微向上翘起，竟像在发笑。以后，你别想再吃家里的一口饭。你别忘了，妈现在病了，这个家由我说了算。

陈裕民的日子便不像过去那样好过了，他开始买菜、烧饭、洗碗、洗衣服兼伺候母亲。他也想过离开家，或者到外头找一份工作，但他年纪大了，又留有前科，哪个单位会要他？即或有，多半也是苦力活，还得看别人脸色，这样一比，还不如留在家里。所幸，陈裕民很快给自己的一天做了些调整。早晨，他仍旧躺床上睡觉。到了中午，他会起来随便给自己和母亲扒上两口饭。午觉是必须的，他会睡到实在不能再睡下去了，才从床上起来集中式地干活。先买菜、烧饭，再趁着烧饭的间隙，把家里所有的衣服洗了，晾到外头。几乎也就在同时，陈伟民下班回来了。同他一起回来的，还有——阿娟。

在陈裕民的母亲得病前，阿娟是很少来他们家的，中秋一次，年三十一次。陈裕民还记得自己头一次看到阿娟，她长得称得上粗壮。同她身材一样的，还有她的五官，像很多个零件不协调地拼在了一起。唯一的优势是皮肤很白，她走进他们家时，他只觉得她像电影里的白种女人，田地里劳作的那种。这和他想象中的阿娟完全不同，他想象中的阿娟应该是纤细、柔弱的，就像被风吹动的杨柳。

这大概同母亲经常骂阿娟有关，母亲总是骂阿娟不要脸，骂她勾引她的宝贝儿子。就是阿娟难得来的两次，母亲也没给她好脸色。你怎么又把她带来了，母亲当着阿娟的面对陈伟民说。阿娟的脸便挂不住了，转身要走。还是陈伟民拉住了她，陈伟民说，妈，你少讲句话不行啊，难得团圆个一次。母亲就不说话了，她只管自己吃饭，甚至连看也不看阿娟一眼。

这也怪不得母亲。据母亲讲，阿娟能追上她的宝贝儿子伟民完全是个阴谋。那是父亲死后不久，父亲所在的丝绸厂表示，他家可以有一个人顶父亲的空缺。陈裕民已经被赶出去了，所以，这个活儿自然就落到了陈伟民头上。陈伟民去丝绸厂，算不上乐意，也称不上排斥，那阵子，他天天蹲在家里，母亲为此愁得慌。接到消息后，她好说歹说，才让陈伟民答应下来。而陈伟民在干了一段时间后，也确乎回来了。他在丝绸厂表现得相当积极，加上那时高中生本来就少，一度还有人传言他能坐上车间主任的位子。陈伟民当然也这样认为，他干得越来越卖力，但就是这样，他也没能当上车间主任。资历是个问题，陈伟民来丝绸厂总共才那么点时间，上头不可能不考虑到这点，但陈伟民却不这样认为，他感觉自己受了天大的委屈，他对工作不再那么上心了，人也随之懒散起来。

那个女人就是钻了这个空子啊。母亲说的时候嘴唇抖动着，按她的说法，那个女人——阿娟本来是另一个车间的，她却趁势黏上了陈伟民。她跟他哭诉自己的不幸遭遇，给他看她胳膊、大腿还有胸口上的瘀青。那些瘀青倒是真的，她那个老公每隔一段时间便会打她。这完全是她咎由自取。母亲说。她不知从哪里打探来的消息，原来阿娟在陈伟民前还有好几个男人，同样的，比她老公年轻、帅气。她勾引男人的方法也惊人相似，她总是把自己弄得可怜兮兮的，以博取他们的同情。我们伟民就是着了她的道啊。母亲为此忿忿不平，她认为凭儿子的长相、学历完全可以找个更好的，可陈伟民却陷进去了。不仅如此，他还专门找阿娟的老公打了一架。这场架的结果是，他被丝绸厂开除了，而阿娟则同他分手了。

很多年后，那是陈伟民和阿娟复合以后的事了。陈伟民在消沉了一段日子后，又重新振作了起来，他在做了搬运工、推销员、超市保安等工作后，又重新开起了出租车。出租车生意已经不像原来那样俏了，没人晓得陈伟民在想什么。他仿佛忘了那个耻辱的夜晚，他将自己同别人的生命硬生生地撞出了一个缺口。

还是母亲一眼看出了端倪，是那个女人的主意吧。事实确实如此，阿娟曾和陈伟民说过有辆车办事方便，陈伟民买不起车，但开出租车捎带一程还是可以的。陈伟民便不吭声了，母亲像是得了势，继续道，那个女人，她害你害得还不够啊，你想想你被开除的时候，她是怎么做的。你不要以为她来找你就是对你好，那是她发骚，没男人啊。在陈伟民和阿娟的事上，母亲始终恨着阿娟——尽管和阿娟分手的那两年，陈伟民学会了抽烟、酗酒，简直把自己弄得不像个人样。但陈伟民却是怎么都听不进去了，好多个夜晚，阿娟不来，他就和她在外头过夜。

这样的日子持续了好久，有一回，母亲对陈伟民说，你也老大不小了，你俩的事我也不干涉了，索性把证领了吧。母亲这样说，虽是迫不得已，但也是她所能做出的最大的让步了。孰料，陈伟民却回了句，结婚有什么好，结婚要一张纸，吵架了还要改那张纸。再说，我现在和结婚也没多大区别。母亲就咿咿呀呀地数落起他来，你傻呀，结婚和不结婚当然是不一样的，结了婚，她就是你的女人，跑不掉的。她会给你做饭、洗衣裳、生孩子……陈伟民却轻笑了声，说，这些事情也可以不做的。母亲的眼睛里已经有血丝了，她直盯着陈伟民，一字一顿道，是，是可以不做的。可她不做，总要有人做。你这么大个人了，还要我管你吃，管你睡……不是我说你，男人就该有男人的样子，不要她说什么就是什么……陈伟民听不下去了，陈伟民说，妈，你可不可以别管这些事了。你以为我想管啊……母亲还想叨唠两句，陈伟民的一只脚已经踏出门外去了。母亲只好对着他的背影，一遍遍地重复道，作孽啊，作孽啊……

## 四

母亲死了，死在一年以后。自母亲得病以来，陈裕民曾经无数次想过母亲会死，可母亲却无比坚强地活了下来，尽管从某种意义上来说，她几乎和死人无异，但母亲毕竟是活下来了，而且还试图一直活下去。可现在，她死了。后来，陈裕民回想母亲死的那个夜晚，其实是给了足够暗示的。

那天晚上，陈伟民还没下班，阿娟跟往常一样进门就直奔陈伟民的房间，她会在那里待到陈伟民回来，再同他一起吃晚饭。整个过程，她并不看陈伟民母亲一眼。这和母亲刚生病时很不相同。那时候，她还是来看母亲的，她会和陈伟民一起站在母亲的床头，像个正常的儿媳妇那样看她。这样的日子维持了没多久。某天，陈伟民还在外头，阿娟就来了。她似乎有些焦躁，不停地在母亲周围晃荡来晃荡去。几分钟后，她停下了，对着那张床叫了一声，妈。陈裕民当时正躺在钢丝床上，他看到母亲的眼珠子瞪大了，从她的嘴里发出许多含混不清的话语来。不用说，陈裕民也知道母亲是在骂她。她骂她勾引了她的宝贝儿子，骂她好端端地却不肯同她儿子结婚，不要脸，臭烂货。阿娟肯定也猜到了那些内容，她并不答话，等母亲骂累了，才冲她笑了一下，说，我看你还是好好养病吧。

那以后，阿娟来得越发勤快了。她总是在天快黑时到，天一亮便走。这使得陈裕民有一种错觉，就好像这个家不是家，而是某个宾馆。她也不再看母亲，母亲的病业已定格，她对着她就像对着某只无力反抗的小白鼠，她倒是希望她能挥动起她的小爪来，那么，或许她就有重新玩下去的动力了。可惜，母亲终究没能好起来，所以，她的精力便顺理成章地花在了做爱上。

他们每晚都做，陈裕民躺在钢丝床上，能清楚地听到从隔壁房间里传来的床被压得咯吱咯吱的响声、喘息声、尖叫声。她的叫声是痛苦的，同时又带着无法言说的颤栗与欢乐。他甚至能想象出她白皙而粗壮的四肢紧抓着陈伟民的身体，求他一遍一遍地操她。而陈伟民也确实做到了，他叫她婊子、骚货、荡妇，愈是这样他就愈加卖力地干她。他好像又活过来了，成了当年聪敏的、不可一世的陈伟民。他们的动静如此之大，母亲当然也听到了。但母亲已经不像先前那样瞪大眼珠子，或是拼命嚅动嘴巴想要表达什么。她已经累了，更多的时候，她像个活死人，除了吃饭、睡觉，其余的事情是与她无关的。

除了那晚。那晚，他们的房间异常安静。陈裕民从床上起来去厕所解手，却意外地看到了阿娟。她大概忘记关厕所门了，总之，他能清楚地看到她。她穿一条鲜红的丝质吊带裙，蹲在蹲坑上，两只光溜溜的粗胳膊架在前边。他急忙掉转头，在门边上等她。不一会儿，她出来了。她那柔软的富有肉感的肌肤擦到了他，他以为是不小心碰到的，才钻进厕所，她便跟了进来。他这才明白她是在勾引他，惊讶之余，他简直不知道自己该做什么。她却显得异常老到，她把他逼至门背后，双手顺着他的脖颈、胸部滑落下来。

某种久违的感觉漫过了他。他站在那里，双脚木然，身子却燥热起来。她开始仰起头亲他，他不知道她为何要这样做，只觉得下面胀得厉害。他已经许久没这样的感觉了，他甚至一度以为把它给忘了。可现在，它回来了。它占据着他，充满着他。房间里起了一阵窸窣声。他一惊，立马像撑破了的泡沫，再也没了欲望。她却并没有停下来的意思，还在那儿舔舐他。

厌恶感汹涌而至，他推开她，朝房间跑去。她没有跟来。等他重新在钢丝床上躺下，才发现那些声音的制造者是他母亲。母亲似乎奋力想要站起来，她的脸拧成了一块，看上去很是痛苦，嘴巴则在不停地一张一合。他不知道母亲想要干吗，只觉得心烦。母亲动了一会儿，终于不动了，看来她终于明白自己无论如何都爬不起来。倒是隔壁，又响起了哼哧哼哧的声音。哼哧，哼哧，哼哧声好像永远都没完。陈裕民把眼睛闭上了，不管他愿意不愿意，有关过去的那段回忆还是鲜活地映了上来。他们在房间里疯狂地做爱，把所能进行交媾的地方都抹上了一层炽热的色彩。他像只飞鸟倏地冲上了高空，但那仅仅只是一下子，转瞬便消失了，紧接着虚空、懊丧纷至沓来，他只能像个孩子般无助地等待审判。

女人哭了起来。女人侧躺在他边上，不停地哭着。他不知道她为什么要哭，他就任由她滴滴答答个不停。头顶的天花板上，一只黑色的虫子正费力地爬着。他盯了那只虫子一会儿，决意从床上起来。你要去哪？他听到她问他。事实上，连他自己也不清楚要去哪里。他本来想对她说的，但她的抽泣改变了他的主意。于是，他什么也没说便出去了。

## 五

整个晚上，陈裕民都没有睡好。从隔壁房里传来的哼哧声、喘息声像一出永远都播不完的电影，响起，安静，再响起，再安静。待巨大的沉寂过后，陈伟民的声音听上去有些不大真实。什么叫等等？你到底还要我等多久？快了，就快了……他们又忙活了会儿，房间重新安静了下来。但这安静与之前毕竟不一样了。不一会儿，陈裕民听到身体擦过床单的窸窣声、鞋子踩过地面的嗒嗒声、陈伟民紧跟在后面的追喊声以及铁门砸向门框的哐当声。

陈裕民依旧躺在钢丝床上，这会儿，他完全明白了阿娟先前的举动。陈伟民不行了，或者陈伟民还没有到不行，但仅凭他已经满足不了这个女人了。他又回忆了下他们近来的情况，发现他们吵架的次数越来越频繁，他那时还以为是别的什么原因，因为每次吵完，陈伟民便会愈加卖力地干她。但这天没有，陈伟民像是被榨干了，再也榨不出一点汁液来。

陈伟民是在第二天早上回来的。他一只手插着口袋，一只手死命地敲门。陈裕民开门时，看到陈伟民的脸浮肿着，眼窝子都快陷下去了。他不晓得陈伟民一整晚是在哪度过的，他只猜他没追上阿娟。陈伟民也不说话，径自进了房间，没多久，又折了回来。待会儿你去弄点羊鞭回来，羊鞭你晓不晓得？他想了想，又说，算了算了，说了你也不懂，你还是买点羊肉炖炖好了。陈伟民说完要走，转头时却瞥到了母亲。母亲的脸孔塌了，整个人有些可笑地僵在那里。他伸出根手指，在母亲的鼻子前探了探，才晓得母亲老早就去了。

母亲什么时候去的，两兄弟都不清楚。陈裕民想，或许母亲奋力想要起来的那一刻就断气了。对此，他倒并不难过，他很早就明白人都是要死的，更何况是像母亲这样半死不活的。只是，一联想到昨晚的那桩事，母亲的死便显得有些悲愤了。

不管怎样，母亲死了，连同她和阿娟的那场战争，再也没了下文。要做的事情却还有很多。陈伟民向单位请了假，开始一个个地通知亲戚、朋友，又去操办母亲的寿衣、花圈以及各色法事。等陈伟民忙了一圈回来，陈裕民还躺在他那张钢丝床上。陈伟民不由得破口大骂起来，妈都死了，你他妈的怎么还睡得着？陈裕民其实没有睡着，但他亦不想起来。陈伟民的脚就下来了，念佛的老太婆已经在楼底下了，你赶紧给我起来烧水。老太婆们确实在了，她们在楼下的空地支了个棚子，打算在里面念佛。

陈裕民只得爬起来，拿过一只茶壶，灌好自来水，放在煤饼炉子上。等水开了，再倒到热水瓶里，拎下去。水很快就被喝没了，那帮老太婆不知道是不是偷懒的缘故，才念没多久，就你一杯我一杯地喝了起来。陈裕民只好不停地烧着，等他再去的时候，听到其中一个老太婆在说，边上的某某家也死了个人，她们做好这场就要赶过去做下一场。另一个老太婆则说，她上次在一户人家做五七，那才叫客气，又给水果又给糕点的。老太婆们说得眉飞色舞，见陈裕民过来，才闭口继续念起佛来。

陈裕民的一天就在靡靡的念经声中过去了。家里陆续来了些人，又走了。陈裕民连一个招呼也没打，他懒得理那些人，那些人也懒得理他。快到傍晚的时候，来了个人。来人穿件银灰色的西装，头发向后梳成大背头，上面大概还抹了油，铮亮亮的。只可惜他人看上去不高，派头上就免不了打些折扣了。他先走到陈伟民跟前，说，节哀。陈伟民一时搞不清楚来人是谁，还当是哪个不知名的亲戚。他也不解释，朝着陈伟民母亲的遗像鞠了三个躬，又示意身后的女人也来拜一下。陈伟民注意到女人并不年轻，但她保养得很好，打扮也很得体。等女人鞠完躬后，男人从兜里拿出一包黄鹤楼来，自己点燃了，又递给了陈伟民一支。我爸死的时候，你妈还来过的，一晃都那么多年了。我今天正好路过这里，附近的老邻舍告诉我，我才知道的。陈伟民这才觉出眼前的这个人是谁，他还来不及打声招呼，男人已经朝陈裕民那里走去了。

陈裕民正在倒水，起先，他并未看到那个男人。等再抬头，不禁吃了一惊。这倒并不是男人西装笔挺，很有来头的缘故，恰恰相反，他一眼就认出了他，这个他儿时的玩伴，犯罪时的同谋——阿东，就算扒了皮，他也照样能把他认出来。裕民，男人叫了他一声。陈裕民这才缓过神来，哦，是你啊。说完，他低下头，又顾自倒起水来。阿东便有些尴尬了，他正了正衣领，道，我很早就想来看你了。我妈同我说起过，你回来了……不过，我厂里实在太忙了，这个订单，那个订单……哦，忘了告诉你了，我现在在做服装生意，出口到国外的。

陈裕民仍在倒水，直到水倒完了，他也没接话的意思。那我先走了。阿东没了谈下去的欲望，朝他伸出一只手来，这个你收着。陈裕民呆了下。我爸死的时候，你妈也给过的。阿东又说。陈裕民把水壶放下了，他掸了掸手，又重新拎起了水壶。我要去接水了，陈裕民说。阿东伸出去的手便显得多余了，他只得把手收回，又掉头去给陈伟民。

陈伟民就站在离他们不远的地方，他们说的话，他都听到了。阿东，这个过去他根本不屑于一起玩的小混混如今竟摇身一变成了成功人士，陈伟民的鼻子就有些酸了。他接过，隔着外边那层纸，他也能掂出里头的张数绝对不会少于三十。这……也太客气了。母亲的做派陈伟民晓得，阿东父亲死时，她绝不可能给这么多。一点心意而已，再说就见外了。陈伟民还想叫阿东再坐一会儿，可想了半天，也不知道该怎么称呼他。阿东，他最后还是决定这样叫他（这样显得亲热点），再坐一会儿吧。不了，阿东的脸上终于现出了点笑容，明天我还要赶一趟飞机。他说着招呼同来的女人一起离开了。

## 六

等老太婆们都走光了，阿娟还是没有回来。陈裕民躺在钢丝床上，能清楚地听到从隔壁房里传来的说话声。阿娟，你在哪……什么时候回来……我知道你在生气，但这回我真没骗你。我本来想炖羊肉吃的，但是妈死了……你相信我，我明天就去买来，羊肉、羊鞭，什么都行。我有钱……我的一个发小发了财，今天他来，光白包就给了五千块……阿娟，你明天回来好不好，我保证，这次一定行了……陈伟民的话语，类似于某个弹弹球，在寂静的屋子里来回反弹，又不断放大了。

母亲的尸体就放在客厅，陈裕民看不到那个被临时安置在木板上的尸体，但他却觉得她一定也听到了。隔壁房里又传来了窸窣声，还有哼哼声，哼，哼，哼，哼，他能想象出陈伟民捏着他那根家伙，反复地上上下下。那感觉——他停滞了会儿，想——他也曾迷恋过的。那个女人，他从一开始就注意到了。那么多年过去了，她也不可避免地老了，可总的来说，她算是保养得相当好了；还有，她的打扮入时优雅，当她立在阿东后面时，他甚至开始怀疑她到底是不是当年的那个她。

他们是在夜市上认识的。当时，他被父亲扫地出门，便去投奔阿东。说起来，阿东做生意的天赋在那会儿便已显露出来。他在夜市租了个摊位，一到夜里，他就去那里摆摊。东西是从批发市场弄来的，什么都有，皮带啦，项链啦，记事本啦，钥匙扣啦。阿东看东西的眼光极好，挑的东西总能让客人喜欢，倘若客人需要的他这里恰好没有，他也必定会记下来。他还兼卖黄碟，这类片子一般不放在外头，遇到有需要的，才会从里头拿出来。陈裕民去的时候，阿东的生意已经起来了。阿东说，裕民，你在我这里，别的不说，包吃包住还是没问题的。陈裕民其实并不想干活儿，但他也明白眼下自己根本无路可走。也就是那晚，他看到了她，她是阿东隔壁摊位的。她穿一件白色的确良衬衫，黑色的头发绑成了两股粗麻花辫。眼睛很大，是一看就让人心动的那种。她坐在一张凳子上叠衣服，问他，新来的？他还没来得及回答，就被阿东抢去了，我兄弟，来帮忙的。他便不再开口了，回过头继续帮阿东整理东西。

他能做的似乎也就只有这些了。他不像阿东，会招揽客人，阿东只要动动嘴皮子，生意就来了。他也看不来那些货色，他曾跟阿东去过几次批发市场，到头来，什么也没学到，只是单纯地做了几回搬运工。对此，他倒并不沮丧，本来他也没想做个成功的商人。总之，他的生活是混沌的，毫无光明可言，所以，当她含蓄地向他表露了她的心迹时，他感到的并不是激动，而是困惑。她为什么会喜欢上他呢？他想，他是那么无用，无用得就像只失去斗志的困兽。可她却不这样认为，她说，她从一开始就注意上他了，他不像别人，只知道进货、出货，他发呆的样子啦，他看摊位边上的路灯的样子啦，都让她感觉分外特别。那一刻，他仿佛和整个世界融合了，他盯着她，直到把她的模样都嵌进了自己的骨头里。

很难说，他究竟是爱上了她还是爱上了那一刻的感觉。总之，那晚，他要了她，在她的出租房里。两人都是第一次，过程却异乎寻常地完美。当他无比满足地从她身子里出来时，发现床单上多了几滴血。他凝视了它们一会儿，抬起头，才发觉她也在看。她似乎很是骄傲，为那些血，也为她的第一次。他不用想也知道她要讲什么。果然，她的手绕过了他的脖颈，说，以后，我就是你的人了。以后，我就是你的人了。她只说了这一句，但他却敏锐地捕捉到了许多衍生的信息：她要他负责，要他奋斗。他这才明白，她不过是被他的表象迷惑住了，以为他的特别会给她更多实质上的内容，而他又何尝不是被那一刻的错觉所蛊惑，竟天真地以为她会懂他。

他下意识地咬了下自己的嘴唇，她却并未察觉。她要他脱离阿东同她一起干，和她一起过幸福的二人世界。她全都想好了，只是阿东那里有些麻烦，这倒并不是因为她抢了他一个帮工，而是他们虽未明说，但彼此却都晓得阿东的心思。她思前想后，决定让他同阿东好好谈谈。她认为阿东不是那么小气量的人，这点上他表示同意，可要命的是，他根本不知道该怎样面对阿东。阿东曾不止一次跟他提起，假以时日，攻下她不成问题。而他当时也那样认为，毕竟他除了比阿东高点外，再无其他优势可言。或许，他根本不该要她，可那一瞬间，那该死的一瞬间，他忘记了阿东，甚至忘记了一切，他的瞳孔里只有这个女人，这个他以为懂他的女人。

谈话迟迟没有进行。再给我一段时间，他总这样对她说，你知道的，他是我最好的兄弟。起先，她还埋怨两声。后来，她不催了，她甚至告诉他，摆摊的事儿可以先停一阵子，毕竟她和阿东的摊位太近，大家抬头不见低头见，少不了尴尬。这倒遂了他的愿，除了偶尔几次购买生活必需品外，他们几乎成天都窝在那间屋子里。做爱是首要的，他们总在做爱，一遍一遍，不厌其烦。除此之外，她要洗衣、做饭、收拾屋子，而他什么也不做，只是躺着睡觉，又或者发呆。他对她说，他需要养精蓄锐。说这话的时候，她正在清洗他的短裤，裤子上沾有他们刚刚缠绵时留下的痕迹，她的脸倏地红了。真坏，她边说边噗嗤嗤地笑。他也笑了，可他脑子里却闪过刚才那一幕：他驾着她，像驾着某匹品种优良的母马。他明明是爽的，可不知怎么的，他陈裕民好像不是陈裕民了，肉体没了，精神也没了，什么都没了，只剩下一个硕大的柱状物，不停地朝着天空冲啊冲。冲上去的那一刻当然是痛快的，可冲完了，也就完了，只留下无尽的虚无。

那他妈的真是种叫人绝望的感觉。为了彻底摆脱它，他甚至一度超负荷地运作自己的身体，他要她，不停地要她，以期用前头的愉悦压制住它。但它却愈发如影随形，简直就像黏上了一张特制的狗皮膏药，怎么都撕扯不下来。他终于厌了，不论是这种感觉还是做爱本身，她却并不知情。一天，她说要出去买点东西，回来时，手里拎了满满一大包。是条红色的窗帘，色泽红得亮眼，她给屋子挂上，又在那个狭小的窗台上摆上了一盆同样红的太阳花。她看上去心情不错，边哼歌边给那盆花浇水。

水很快浇完了，她利索地脱掉衣裳，爬到了床上。我把原来的那个摊位退了。她说话的时候赤裸的上半身紧贴着他，一只手则抚摩着他的器物。器物很快就大了，但这仅仅是种本能。你不会不高兴吧？她的身子贴得更紧了，你总拉不下脸去说，可这日子还要过下去的呀。他没答话，只沉默着。她受了默许，越加大胆起来，以后就好了，新租的摊位，距离老摊位很远。我们可以像阿东那样再卖点小玩意儿、片子，生意肯定会更好的……想想吧，她的眼睛闪烁着，用不了多久，家里就可以换桌子了。这张桌子太旧了，我早就想换了，再添个洗衣机，电视机要大寸的……女人说得激动起来，腮帮亦变得绯红。

某种莫名的恶心感席卷了他，那是比每次高潮后更加难以忍受的恶心。他想逃，想喊，想告诉她其实她说的这些和他无关，和他妈的什么都无关。他只是厌了，不想要过这种她所谓的生活。胃又一阵翻腾。他把两条腿屈起来，以抵住他的腹部，但这种做法并没有使他的胃好受一点。女人还在说着，女人的话连同她对未来的构想好像永远也说不完。陈裕民把腿伸直了，某种巨大的痛楚击穿了他。他就在那种无以言表的痛苦中对女人说，他从没想过同她结婚，当然也没打算同她一起过好日子。女人呆了下，旋即哭了起来。

是因为阿东吗？她哭着问道。可是，我才是你生命中最重要的人啊。她哭得愈加厉害了。是因为阿东吗？他也问了自己一遍。他思索了会儿，终于确定，就算没有阿东，他也会这么做的。想明白这点后，他顿时觉得轻松了许多。头顶的天花板上，某只黑色的虫子正在爬来爬去。他盯了那只虫子一会儿，确定自己并不认识它。

疼痛感业已消失，他决定起来，出去走走。陈裕民真的起来了，等他穿好衣服，女人仍在那哭个不停。你要去哪？女人拖着个哭腔问他。他怎么会知道自己要去哪？这时，他看到了那只钱包，钱包鼓鼓的，就在他们吃饭的那张小桌上。他想了想，快速将它揣进了裤兜，离开了。

## 七

母亲火化后，很自然的，墙上多了一张照片。照片里的母亲，眼眯着却仍显出一番凌厉来，陈裕民便想，母亲就连死了也还在恨着阿娟。阿娟则彻底地将母亲忘了。她来的那天是在下午，手上拖着个行李箱和蛇皮袋。她甚至瞄都没瞄那张照片一眼，便直奔陈伟民的房间。

陈伟民正在房里睡觉。前一个晚上，他喝多了，醒来直感到无力。自阿娟走后，他再没去上班。他总是宿醉，好容易醒来，头痛欲裂、浑身瘫软，巴不得去死，然而，第二天夜里，仍是如此。阿娟走进房间时，陈伟民还只当是陈裕民，他依旧躺在床上，两条腿叉得老开。但很快，他便发现了区别。他的眼睛撑大了，甚至一骨碌从床上坐了起来。

阿娟——陈伟民叫了她一声。阿娟被他吓了一跳，她之前是算准陈伟民这时候上班才过来的，但她立马镇定了，她指着房间里的东西，道，这个要的，这个也要的。陈伟民这才发现阿娟后边还有个男人，男人大概三十来岁，个头不高，却很敦实。阿娟，陈伟民原本想问男人是谁，但临出口又吞回去了，只怯怯地问了句，你这是干什么？阿娟并不看他，她手里拿着手表、衣服各种东西，使劲地往那只行李箱里塞。行李箱都快被撑破了，她把它拉好，又把其余的装进边上的蛇皮袋里。

陈伟民站起来了。阿娟，这些东西，你都拿去好了，但你不要走好不好？他又朝阿娟挪近了点，说，阿娟，你记不记得我们刚认识的时候，那时，我们多快乐……阿娟并不睬他，东西已经收拾得差不多了，她开始指挥那个男人去搬电视机。那是家里唯一的一台电视机，二十六寸的。

阿娟——从陈伟民的喉咙里发出了一记哀号。陈裕民也过来了，透过半开的门，陈裕民看到陈伟民跪在地上，双手若藤蔓似的缠住了阿娟。阿娟，你不能走的……阿娟，我不能没有你的……陈伟民的嘴巴不停嗫嚅着。阿娟呢，只瞥了他一眼，说，你放开我。不，我不会让你走的，要走我们一起走。陈伟民缠得更紧了，阿娟扭动起来，你疯啦。那个男人也赶来帮忙，他们费了些劲，总算把陈伟民拉开，又拖着行李箱、蛇皮袋同那台电视机出去了。陈伟民也追出去了。他是在几分钟后追出去的，他跑得歪歪扭扭，陈裕民甚至觉得他随时都会摔倒下来。

等陈伟民消失后，屋子里总算安静了下来。陈裕民重新在钢丝床上躺下，打算听点什么。广播里在播一则消息，本地某富豪的公司在国外上市了。那个富豪陈裕民晓得的，陈裕民所在城市的人也都晓得。他会时不时出现在电视、报纸上，陈裕民虽不想知道，也总归是知道了。女播音员还在说着，她在说这家公司的市值，下一步的计划。陈裕民的眼前就跳出了那个女播音员的样子，化着浓妆，一脸夸张的表情。陈裕民把收音机关掉了，这时，他听到了敲门声。笃——笃——笃，不响却很有规律。陈裕民没有动，他晓得这不是陈伟民，陈伟民敲门从来是乱来一气。

笃——笃——笃。又是一阵敲门声，且敲门声越来越大，益发密集。陈裕民被敲得心烦，耐不过，只得从床上爬起，可才开门，他就后悔了。是她！她穿一条黑色连衣裙，规整地站在他跟前。我想同你谈谈。她的语调是冰冷的，他犹疑了下，他实在想不出他们之间有什么可谈的。她却趁机钻了进来。

屋子很狭小，她好容易找了处地方站定，半抬起眼，盯着他。老实说，当初你拿走了我的全部积蓄，又把我一个人孤零零地扔在那里，那段日子……天晓得，我是怎么过来的……我恨你。我恨你恨得牙痒痒，恨不得你去死！

许多画面在他脑子里游走。太阳已经落山，天空呈现出一种暗紫的色调。他走在街上，裤兜里贴着他从她那里拿来的钱。钱是她之前摆摊时攒下的，她似乎说过要用它们进货，以壮大他们的生意，他却把它们拿了出来。或许，他不该拿这些钱，但假使不拿，他又怎么生活呢？这样一想，他便心安了。事情已然回不了头了，日子却还在继续，他在外头胡乱地过了两个来月，身上的钱很快便见了底。家里是指望不上了，钱都掌控在父亲手里，母亲没有任何使用权。他当然也可以去工作，但那就意味着他要看人家脸色，朝九晚五地过活。他不想那样过活。

阿东就是这个时候找到的他。阿东说，他的摊子被人抢了生意，问他愿不愿意帮他。阿东还说，事成后，他会得到一笔不小的报酬。阿东说的时候，好像他根本没抢他心爱的女人，而他毫无疑问，还是他最忠实的朋友。他同意了。

抢生意的家伙就在人民路上。他们从摩托车上下来，能看到这条老街像某只色彩艳丽的甲壳虫歪歪扭扭地爬向远方。阿东站在他左后方，他指着一家店说，就是这里。顺着阿东指的方向，他看到了一家不大的音像店，其中一扇店门开着，还有一扇门上则贴着一张女郎的海报。那是个外国女郎，金黄的大波浪卷发下，嘴唇猩红猩红。一个男人坐在柜台前头，他的头半低着，看不清在干什么。

妈的，就是他。阿东说着朝地上吐了口痰。这小子卖的价格低不过我，就把我的货源断了。你进去，吓唬吓唬他，看他还敢不敢那么猖狂。阿东说着从口袋里掏出一把刀来，递给了他。

某种电流击穿了他。他把那把刀塞进了衣服的内袋，朝那家店走去。他们说好由他进去吓唬那人(他会把刀架在他的脖子上，逼他交出所有的钱)，而阿东则在门口替他把风。得手后他会跑出来，再一起坐上摩托车逃跑。

一切都进行得格外顺利。他成功地要到了钱，那个男人甚至没有丝毫反抗，便把所有的钱都给了他。他把钱装进了衣袋，准备跑到外头同阿东会合。可当他再次穿过那扇贴有金发女郎海报的门时，才发现阿东并不在那里。一个男人的声音像警报一般在他背后响起，来人啊——抢劫啦——一定是哪里弄错了，他朝马路上望去，路上根本没有什么摩托车，只有几个不相干的行人在那里走来走去。来人啊——抢劫啦——男人的叫声类似无数只马蜂在他的耳边轰鸣。他的头皮一阵发紧，身上无数细密的汗毛都直竖起来。他扭过身子，想也没想，便朝男人身上扎了下去。

血漫了出来。血漫过刀子，漫到了他的手上。他把刀拔出，捏住。他应该跑的，可他好像怎么都跑不起来。先前还空旷的马路上，很多人在跑、在叫，像蚂蚱一样乱作一团，他不知道他们是从哪儿冒出来的。除此之外，他再无别的感觉。一定是哪里弄错了，他想。这时候，一股风刮过他的脸庞，他想飞起来，乘着这股风不断地飞，但很快，连风也消失了。几个警察从马路那边抄过来，将他团团围住。他看了一会儿他们，又把手举高了点。警察还以为他要拼死抵抗，紧张地扳动起扳机。但他只是将手一松，刀子就像某只失去重心的鸟坠了下来，跌跌撞撞，苍白而无力。

## 八

这么说，当初确实是阿东下手害了他。没错，是阿东告诉他，货源被断了，要他帮他。阿东还说会在音像店门口把风，等他得手，再一起坐摩托车逃跑。可当他拿着钱穿过那扇贴有金发女郎海报的门时，阿东并不在那里。也许，他连带着想，根本就没有那档子事，什么有人抢生意，什么货源被断都不过是阿东编造出来的饵，阿东不过随便找了一家音像店，他便上钩了。

是阿东害得他坐牢，又成功地抢回了那个女人。他骗了他，同样的，还有她。可是，就算是真的，又怎样呢？此刻，他看着女人，想起在牢里的那些年，他也曾想过这个问题。那时候，他就基本得出结论了。可即便如此，他也不恨阿东，更没想过要把他供出来。说到底，他会走上这条路，是跟阿东无关的。该怎么说呢？就好比什么都是无聊的，什么都他妈的没劲，他只是害怕继续过那种生活，要努力、奋斗，就连跟女人睡个觉，还要他妈的担心对她负责。是阿东告诉了他另一条路，这条路像磁石一样把他吸牢了。他想要拿刀去抢劫，像电影里的那些大盗一样，彻底摆脱乏味的人生。可事实上，当他举起那把刀时，什么感觉也没有。除了风，只有风，很快，连风也消失了。

一切都是徒劳。金钱、情欲，乃至所谓的暴力，全都是徒劳。他手一松，刀子便像某只失去重心的鸟坠了下来。警察们蜂拥而上，一副白晃晃的手铐铐住了他。那瞬间，他却好似突然看清了自己——这么多年来，他一直在逃避它，他甚至一度将它归咎于他童年时欲得而未得的表扬——但现在，他看清了。是的。这才是他，真实的他，和父亲表扬不表扬他无关，他迟早会走上这条路的。

我明明是恨你的……她把头微微抬起，并不看他。这些年，我和阿东拼了命地工作、赚钱。我们像不要命了一样，白天晚上轮轴转。最苦的时候，一天只休息三四个小时。我告诉自己，再苦我都要出人头地，我要活得比你好，要让你难堪，让你后悔对我所做的一切。我做到了。我该高兴的呀……可那天，当我看到你，却发现自己竟恨不起来……你肯定觉得不可思议吧，她深吸了一口气，接着道，就连我自己也不敢相信，可事实就是如此。过去的事都过去了，我们好歹相识一场，也不想你这样的。

不想我这样的。他重复了一遍，她却以为他是在懊悔，目光也随之柔和了起来。我想过了，要是你愿意的话，完全可以到我们厂里来的……他听着她的话只觉得错乱，她这样讲，阿东知道吗？也许，她还没告诉他，又也许，他早就知道了……你别多想，她见他不作声，又补充道，我是真心想要帮你……帮我？她最后的那两个字戳到了他：她是在可怜他呢。不是恨，偏偏是该死的可怜。她是在借着这种方式向他宣告：她胜利了，他就是当初没有听她的，才会落得这样的下场。她不会理解他的，永远都不会理解他的……他望着她想，不仅是她，还有他父亲、母亲、弟弟，所有人，都不会理解他的。这个世界从来不属于他。他没有所谓的人生目标，当然也不会为之努力、奋斗，可是，那又如何？这么多年，抛开丢下她同那次抢劫，他从没有害过谁，也没有跟谁计较过什么。他不过是想这样活着，仅此而已。

女人还站在那里。他觉得有些心烦，他也不管女人，推开门，朝门外走去。外头，天早就黑了。马路上，路灯、车灯、霓虹灯各种光影交织在一起，使得他有一种在时光里行走的错觉。他穿过一条马路，又一条马路，一直走到江边才停下。夜晚的江边，人不太多，刚刚退去潮水的地面湿漉漉的。他在黏潮的地上走了会儿，发现水面黑漆漆的，看不清自己的影子。对面，无数的高楼若一个个方块密密匝匝地挺立在那里，其中一栋的巨型电子屏幕上正不停地滚动着几个字：一线江景豪宅，成就完美人生。陈裕民盯着那几个字很久很久，然后，他躺下了，就在那片黏的、潮湿的土地上。

**图书在版编目（CIP）数据**

无鹿岛之夜 / 池上著．—南京：译林出版社，2023.9

（窈窕文丛）

ISBN 978-7-5447-9718-4

Ⅰ.①无…　Ⅱ.①池…　Ⅲ.①短篇小说－小说集－中国－当代　Ⅳ.①I247.7

中国国家版本馆CIP数据核字（2023）第084534号

**无鹿岛之夜　池　上 / 著**

责任编辑　竺文治
装帧设计　孙逸桐
校　　对　孙玉兰
责任印制　颜　亮

出版发行　译林出版社
地　　址　南京市湖南路1号A楼
邮　　箱　yilin@yilin.com
网　　址　www.yilin.com
市场热线　025-86633278
排　　版　南京展望文化发展有限公司
印　　刷　苏州市越洋印刷有限公司
开　　本　850毫米 × 1168毫米　1/32
印　　张　7.25
插　　页　4
版　　次　2023年9月第1版
印　　次　2023年9月第1次印刷
书　　号　ISBN 978-7-5447-9718-4
定　　价　59.00元